時代小説の戦後史

柴田錬三郎から隆慶一郎まで

縄田一男

新潮選書

故中田悌之輔先生に

まえがき

何故、自分が戦中派の時代作家のことが気になりはじめたか、ということを考えるに、およそ世代ということとは無縁である、とまず第一に記しておきたい。世代ではなく、時代というものを考えると、昭和三十三年に生まれた私にとって、それは、家族の証言による戦争体験からはじまった。私が幼い頃、家の近くの空き地には、まだ防空壕の残骸が残されていたし、祖父母を頂点とする私の家族は、私が中学生の頃、最も盛んだった学生運動には概ね批判的であった。従って、私の歴史に対するものの見方は、最も身近な学生運動よりも戦中体験がいちばん肌身で感じられるものとなった。

一つ笑える挿話がある。私が中学校から帰ってくると祖母が玄関先で一人の男と対峙していた。私は後からその男が刑事であり、学生運動の活動家を一軒ずつまわってローラー作戦で調べていることを知った。

そして私を見るなり、

「ああ、肥《ふと》っている人に活動家はいませんよ、じゃあ」

といって帰っていった。

失礼な話である。別に活動家になりたかったわけではないが――。

私の文学に対する濫読は、小学五年生の時、文庫本を読みはじめた時に開始され、時には一日七冊読んでも足りなかった。

元々、好きだった時代小説や探偵小説の再評価ブームがはじまり、国枝史郎の『神州纐纈城《しんしゅうこうけつじょう》』が三島由紀夫の絶讃を受けて異端文学復活の導火線となり、講談社は第一次の『江戸川乱歩全集』や『横溝正史全集』を刊行していた。さらに川端康成がノーベル文学賞を受賞したと聞けば、新刊の『たんぽぽ』『竹の声桃の花』を買って来ては、訳も分からぬくせに活字を追っていた。

そんな折、学校から帰る途中で本屋に寄ると、何故か三島由紀夫の文庫本がズラリ平積みになっているではないか。いぶかしい思いを抱きつつ、家に辿りつくと待っていたのは、三島由紀夫割腹自殺のニュースだった。となると、次は三島の文庫本を片っ端から読みはじめた。そして、こうした理解し得たか否かは度外視して本を読み続ける日々の中心にあったのが、戦後書かれた時代小説であった。

さて、人生に無駄はない、というがまったくそうだった。まだ筆で一本立ちできなかった時、私は高校と大学の講師という三足のわらじをはいていたが、高校三年生の国語の教科書に載っていたのが伊東静雄の「わがひとに与ふる哀歌」であった。毎年このテキストを教えていると、いくら私のように頭の悪い人間でも、日本浪曼派の末裔たる五味康祐が、こと志と違って剣豪小説作家となっていったかが分かってきたし、中島敦やリラダンに心酔していた柴田錬三郎がやはり、剣豪小説作家となっていったゆくたてが、そして徴兵検査でハネられた山田風太郎が見送り続けた自分と同年代の学徒兵たちの死の葬列から、いかにして己の母恋物語が生まれたか、そして中国戦線で死を覚悟した隆慶一郎が、どのように『葉隠』を稀にみるエンターテインメント小説として読み変えていったのか——そのすべてではないが、おぼろ気なかたちが見えてきた。

　そして、彼らのほとんどが、さまざまな理由から志半ばにして斃《たお》れていった。私がこの一巻を書いた理由の最大のものは、その鎮魂にあるといっていい。まだまだ書き足らぬところのある作家論だが、ひとまずページを繰られたい。

令和三年十月吉日

縄田一男

時代小説の戦後史　柴田錬三郎から隆慶一郎まで　目次

時代小説の戦後史　柴田錬三郎から隆慶一郎まで

第一章

柴田錬三郎の偽悪

柴田錬三郎　Shibata Renzaburo

大正6年（1917年）―昭和53年（1978年）

岡山県邑久郡鶴山村（現備前市）生まれ。慶應義塾大学文学部卒。大学在学中より「三田文学」に現代ものの短篇を発表。戦後、「書評」の編集長を経て、創作に専念し、昭和二十六年『デスマスク』が芥川賞と直木賞の候補になり、翌年、『イエスの裔』で直木賞を受賞した。昭和三十一年、週刊新潮で連載の始まった『眠狂四郎』シリーズは一大ブームを巻き起こす。著書はほかに『剣は知っていた』『御家人斬九郎』『江戸群盗伝』『運命峠』などがあり、その名を冠した柴田錬三郎賞が昭和六十三年に創設された。

大衆作家、柴錬の誕生

「大衆作家になって、剣戟《けんげき》小説を書きまくって、もう六年になる」というから、出世作『眠狂《ねむりきょう》四郎無頼控《しろうぶらいひかえ》』を起点にして考えると、昭和三十七年になる。この年、柴錬は、『眠狂四郎独歩行』の連載を前年に終え、『顔十郎罷《まか》り通る』『柴錬立川《たつかわ》文庫　猿飛佐助』『剣と旗と城』の他、現代小説まで含めると凄まじい数の連載をこなしている。

冒頭に掲げたのは、「独語」という随筆の書き出しであり、その中で戦後文学の新しい書き手たちが、「おそろしく、くそまじめな顔つきで、『死との対決』について、書きまくり、そして、それらを、教壇批評の先生方が、ほめそやした」。が、自分にとっては死との対決は、道化じみた虚構であり、そのうち、「『自虐する虚構』と『伝統』を、都合よく、むすびつけるテを思いつき、その立場から、万事を眺めるようになった」と記している。

私たちは、ふつう、柴錬を、ついつい剣豪作家として見てしまう。だが、彼には『図々しい奴』等、現代小説のベストセラーがある。が、それ以前に、「三田文学」の同人であり、佐藤春夫の門下であり、「日本読書新聞」の再刊に奔走し、同紙並びにブック・レビュー誌「書評」では編集長として健筆をふるった批評家であり、少年少女小説やカストリ雑誌の作家であった。

そして、そういった自分を自虐的精神によって呪わしい存在として客観的に見ながら、彼のことばに依れば、戦後、書きまくった舟橋聖一や織田作之助の諸作等を良しとせず、これぞ、「内省と思索の死ぬような苦しみを忘れた現代文学の動物的安易性」（「自虐する精神の位置」）であると断じる気概の持ち主であった。

が、彼は、専ら、その気概を発揮する出口を求めて成し得ず、悶々としながら、魯迅の持つ「寂寞《じゃくまく》」の中に、己れの希望を見出すしかなかった。

さて、もうまわりくどく記すのはよそう。結果として、柴錬は彼が生涯を通じて主張し続けた〝花も実もある絵空事〟、すなわち「虚構」を通して、その出口を見出すことになるのである。そして「独語」の中で次のように記している。

> 虚構は、嘘である。嘘を嘘として描くのだから、諸君は誰も嘘じゃないか、と憤激はしないだろう。そこで、その嘘をどうついてみせるか、そこに、私の賭があった。
> 私は、自虐を裏返しにすることにした。
> そして、やがて、大衆作家、柴田錬三郎が生れた。自虐を裏返しにした虚構は、大いに当った。（傍点引用者）

大衆作家、柴錬の誕生とは、無論のこと、眠狂四郎の誕生であり、彼が描くところの虚構とは、痛ましいほど命懸けのものであった。

そして私は、ここに不思議なまでの偶然を見る。柴錬に剣豪小説を書かせたのは、五味康祐を剣豪作家たらしめた新潮社の伝説的な編集者、斎藤十一だったからである。五味と斎藤の深いかかわりについてはあとで詳述するが、斎藤から「週刊新潮」に時代小説の連載を、と乞われた柴錬が、まず最初に腐心したのは、主人公のネーミングだった。彼は書いている。

机龍之助（注・中里介山の『大菩薩峠』に登場する虚無的な剣士）とは、まことに、いい名である。いつまで経っても古くならぬ名である。私は、マスコミに売り出す名は、こういう、いい名でなければならぬ、と考えはじめた。机は、小学校へ行かなかった人をのぞいて、すべての人間が使っている。だから、おぼえやすいのだ。そこで、私は、人間が、毎日必要とする品ものを考えた。ところが、どうも、うまいのがない。そのうちに、

——そうだ。睡眠ならば、誰でも、とらざるを得ないじゃないか。

と、思いついた。生れて死ぬまで、「眠」からはなれることはないのだ。これを姓にすれば、すぐ、おぼえられるではないか。（「眠狂四郎の生誕」）

名前が決まれば次は性格づけである。

従来の時代小説の主人公にありがちな求道主義や正義派を一切否定。刀を抜くことにもったいぶって、氏素姓が正しく、女たちに対してはピューリタンという理性派のいちいち逆をとることにした。

すなわち、これを、作品のストーリーに沿って記せば、狂四郎は、転び伴天連《ばてれん》と日本人女性のあいだに生まれた宿命の子という出生の秘密を持っている。祖父は三河以来の名門である大目付、松平主水正《もんどのしょう》でありながら、父は、自分を転向させた主水正を恨み、その長女、千津を黒ミサの犠《いけ》牲《にえ》として犯したオランダ人医師、ジュアン・ヘルナンド。狂四郎は作者自ら記した、

異国の伴天連が、拷問のゆえに、信仰を裏ぎって、ころび、悪魔に心身を売って、女を犯した挙句、生れた子——これほど、形而上的にも、形而下的にも、陰惨な生いたちは、ない。(同前)

という境遇に飽き足らぬかのように、回を重ねる毎に父を斬り、従兄、茅場《かやば》修理之介を斬り、その妹、静香を踏みにじるというように、己れの業念を深めていく。

柴錬はいう——「ニヒリストたらざるを得ないではないか」(同前)と。

結果、刀は一刀三拝式の武士の魂ではなく、兇器として扱われ、冷酷非情に女を犯す、新しい主人公が生まれることになるのである。

その出生の秘密は、作品発表時の米兵と日本人女性との間に生まれた混血児問題に即応し、剣

を兇器とみなすやり方は、アクロバチックな秘剣「円月殺法《えんげつ》」（剣法ではない）を生んだ。

ここで「週刊新潮」の昭和三十一年五月八日号に掲載された『眠狂四郎』シリーズの記念すべき第一話「雛の首」から、その剣技を抜き出すと次のようになる。


「眠狂四郎の円月殺法を、この世の見おさめに御覧に入れる」

静かな声でいいかけるや、狂四郎は、下段にとった。刀尖《とうせん》は、爪先より、三尺前の地面を差した。そしてそれは、徐々に、大きく、左から、円を描きはじめた。男の眦《まなじり》が裂けんばかりに瞠いた双眸は、まわる刀尖を追うにつれて、奇怪なことに、闘志の色を沈ませて、憑かれたような虚脱の色を滲ませた。

刀身を上段に——半月のかたちにまでまわした刹那、狂四郎の五体が、跳躍した。

男のからだは、血煙りをたてて、のけぞっていた。

眠狂四郎の剣が、完全な円を描き終るまで、能《よ》くふみこたえる敵は、いまだ曾《かつ》て、なかったのである。

魔剣——それも相手を一瞬の空白の眠りの中に陥れて、一刀の下に斬り伏せる、つまりは死は空白の中にあり、という発想は、他の作家の作品にありはしなかったか？
そう、五味康祐の芥川賞受賞作『喪神《そうしん》』で瀬名波《せなわ》幻雲斎のつかう夢想剣がそうである。但し幻雲斎の場合、空白の中にあるのは斬り手、すなわち、幻雲斎であり、狂四郎の場合、空白の中にあるのが斬られる側である、という違いはあったが——。奥野健男は、幻雲斎の場合、「これは作者の戦場体験に裏打ちされている。敵を討つより、身を守る本能だ。石がとんで来たら、眼をつぶる。しかし、その時、石を打ち落し、敵を殺している」（「かなしき無頼派」）と分析している。

では柴錬の場合はいかに？

その分析に格好の短篇がある。狂四郎が物語を自分の一人称で語る『悪女仇討《あだうち》』である。その中で、狂四郎は自ら円月殺法の極意を次のように講釈している。

不動の中に、無量の変動が生じ、懸る中に待ち、待つ中に懸る覚知がある。懸待一致すれば、技熟して理に至り、理きわまって技に至る——これが剣の奥義だが、おれの兵法は、おのれの太刀をして無想剣たらしめず、敵をして、空白の眠りに陥らしめる殺法であるからには、汐合がきわまるあいだに、その用意をする。おのれ自身が、真我の我を得て、身を真空の中に置こうとするのではない。（傍点引用者）

特に傍点を施した箇所は、ことさら、狂四郎の剣が五味康祐の『喪神』の幻雲斎のそれとは正反対にあることを示していよう。では何故、柴錬は、狂四郎にこのような死にゆく者の空白を見据えることを託したのであろうか。

が、その分析に入る前に、もう一つ、『悪女仇討』の持つ重要さを確認しておきたい。それは作品の冒頭で、狂四郎が題名役となっている奸婦《かんぷ》、きの女の悲鳴をききつつも、松の根方で仰臥しながら、「おれの縄張り内まで、遁《のが》れて来る運があれば」救《たす》けてやろうとうそぶき、知らぬ顔の半兵衛を決めこんでいる点に示されている。

いかにも冷酷なニヒリスト、眠狂四郎らしい独白だが、そこには死に対する尊厳や恐怖などは微塵も感じられないではないか。強いていえば、そこにあるのは死との戯れのみ――違うだろうか？

そして、このくだりを読むたびに、私は、冒頭で引用した「独語」というエッセイを思い出さずにはいられない。読者諸氏も覚えておいでだろう。柴錬が、戦後文学の新しい書き手たちが、死との対決をくそまじめに書いたことに対していったことばを。

バシー海峡の漂流体験

ここに至って、私たちは、いよいよ柴田錬三郎の文学的ルーツといわれている伝説、すなわち、バシー海峡における漂流の内容について吟味しなければならなくなったようである。

その伝説とは、昭和二十年四月、南方バシー海峡における柴錬が乗っていた輸送船の魚雷攻撃による沈没と、彼の七時間余にわたる海上漂流及び奇蹟的救出をさしている。

その間、柴錬は、生き残ろうとして必死に喘いでいる者や、家族や故郷を思い泪《なみだ》している者が、次々と生命を放棄していくのを見つめていくことになる。

そして自ら「死を怖れる小心者の衛生兵」と称し、終始、茫漠《ぼうばく》として波間に漂い、生き永らえ、その時の体験が、後に作品の中で語られる死生観となって現われたのではないか、と論じられることがあった。いったい、文学作品を論じる際、作者の実体験をすぐさま作品につなげるほど短絡《そし》の誹りを免れ得ぬものはないが、成程、この体験ほど、巷間《こうかん》伝えられているところの柴田錬三郎作品の「ニヒリズム」の源を意味づけするのに都合のよいものはないだろう。

私自身、この論考の中で、無名時代の柴錬を支えたものは、魯迅である、と記したが、さらにもうひとつ加えるならば、ボオドレエルやリラダンといった、十九世紀フランスの象徴派の詩人たちへの傾倒であった。特にボオドレエルが、アパートへ帰っていくのを見た友人がいったことば、「彼は今晩寝台の下に寝るだろう。寝台を驚かすためにね」は、よく引き合いに出される。そしてさらに次のように述べたことがある。つまり、小説の基本はエトンネ（人を驚かすこと）であるとし、ボオドレエルのダンディズムに心酔する彼にとって、バシー海峡における「死との対決」ほど大きな逆説的エトンネは存在しなかったであろう。ましてや、その体験そのものが、戦争という極限状況下における「道化じみた虚構」ではなかったのか。

かつて本多顕彰《あきら》は『神を怖れぬもの』（法政大学出版局、昭和二十九年十二月刊）において、ヨーロッパ文化の深さについて触れ、

生死の問題にぶつかったことのある人間は、一度神を見る、あるいは、見たと思う。現代人にとって、一旦見つけた神を、長く見つづけることは困難であろう。けれども、一度神を見たことがあるということは、重大である。

と、記したことがある。

では泰西の詩人たちにも傾倒していた柴錬は、いったい、いかなる神を見たというのであろうか。

そして、柴錬の作品をバシー海峡における漂流と結びつける論旨は、たとえば眠狂四郎を海から帰ってきた者——実際、彼は『眠狂四郎無頼控』の中で、己れの出生の秘密を確かめるため、二十歳の折、長崎へ赴き、その帰途、船が難破、瀬戸内海の孤島で隠遁していた老剣客と出会って、無想正宗と円月殺法を二つながらに授かり、海の彼方から江戸へ戻ってくるという設定になっている——すなわち、帰還兵とする説（秋山駿）を踏まえて、そのヒーロー像に迫るには格好の論旨である、といえる。

だが、柴錬は次のようにいい切っているではないか。

私は、時折り、人に問われて、眠狂四郎の虚無は、バシー海峡で数時間、泳いだ時の無心状態でいたおかげで生きのこることができたためかも知れない、ともっともらしい返辞をしているが、こじつけにすぎない。

これは「わが生涯の中の空白」というエッセイの一節だが、この中で彼はバシー海峡における漂流を、まず自分にとって「全く空白なのである」と断った上で次のようにいっている。

この空白を、言葉で埋めることは、不可能といっていい。文章を売って生活しているくせに、表現できないのは、まことになさけない次第だが、描写すべき心理の推移が、皆無なのである。絶望、悲壮、憤怒、悲哀、自棄――どの感情も、大海原のまっただ中に在り乍《なが》ら、私の裡《うち》に起った記憶がない。

すなわち、自らを表現不可能なものとして規定。さらに、

今日のパンにさえありつけぬ、洗うがごとき赤貧の橋下ぐらしで、その夢想を、いよいよ壮麗にして典雅なるものに昇華させたリラダンならば、愚劣な戦争の犠牲者となったその時、おそらく、すばらしい夢想と痛烈な嘲罵の言葉を生んだに相違ない。

と記し、自らは「小心な凡夫にすぎなかった」と、己れが敬意を払ってやまない泰西の詩人と自己を相対化しているのであった。

だがここにひとつの問題がある。だからといって一人の野心を抱いた小説家が、それをそのまま放棄するだろうか。

たとえば柴錬の全き研究者である澤辺成徳は、情熱あふれる柴田錬三郎論『無頼の河は清冽なり』（集英社、平成四年十一月刊）の中で、柴錬が無事でいられた理由を記した箇所を『わが青春

無頼帖』の中から次のように抜き出している。

いわく「レールモントフやメリメやリラダンが、私の生命を支えてくれた、といえば、キザにきこえるであろうが、事実まぎれもなく、私は、それらの文学者がのこしてくれた作品から学びとった虚無思想によって、体力の消耗を最小限にくいとめることができたのである」

また「わが生涯の中の空白」でいわく、漂流中に「不意に堪えがたい疼《うず》きが胸に起り、空を仰いで、ぶつぶつと、自分の専門の中国文学の中から、宋の曹子固がつくった『虞美人草の詩』をえらんで、誦《しよう》じた記憶がある」。そして、

このように、錬三郎が傾倒していた文人の言葉が、無意識のうちに反芻され、空しさと絶望からの救いになったのである。いずれにしても、バシー海峡の漂流体験は、虚無というものについて、頭の中だけではなく身をもって自分流に会得したことになるのではないか。その稀有なる体験は、心の奥底のひだに染まり、沈黙を守りとおそうとも、後の人生観・文学観に影響を及ぼしたにちがいあるまい。


と結論している。

ならば、その〝沈黙を守りとおそうとも、後の人生観・文学観〟に否応なく現われてくるものは何か。それを、いま少し、掘り下げてみたくなるのが人情ではないのか。

では、柴錬は、身内に残された、異常な孤独と恐怖と悲哀と憤怒の感情と感覚を、どのように

して、後日、表現の方法を駆使して作品たらしめたのか。

確かにある出来事を体験することと、それを文学作品へ昇華していくこととは著しく違う。そして両者を結ぶ接点の上に、作者のいう「表現の技法」があるわけだが、既に述べたように、柴錬は、その「表現の技法」、すなわち、小説を書く上での基本をエトンネに求めていた。では、そうした作品の主人公に選ばれた人間は、いかなる性情の持ち主であったのか。ここで私たちは、作者自ら実に良い手がかりを残してくれたことに感謝しなければなるまい。

不滅のヒーロー登場前の主人公たち

柴錬はいっているではないか。あのバシー海峡において自分は、ただ「小心な凡夫にすぎなかった」と。凡夫――これほど不滅のヒーロー、眠狂四郎を登場させる以前の柴錬作品――それはいわゆる純文学系の小説、時代小説を問わない――の主人公像を的確に表わすことばはないだろう。

そしてこの〝凡夫〟ということばの検討を行うには、将来の『眠狂四郎無頼控』につながるような実験的作品とほぼ同時期に刊行された純文学の作品集を検討しなくてはなるまいと思われる。

前者は『江戸群盗伝（正続）』二巻のうちの続篇である。柴錬はその中で、主人公、梅津長門のことを次のように記している。

長門は、今は、小説作者であった。

長門は、井伊家よりの援助をことわって、浪人者として適当な職をいろいろ思案した挙句、風流軒貞宝の仲介で、『読本《よみほん》』を、匿名で書いてみた。それが四谷塩町の貸本屋住吉屋から発売されると、意外な好評であった。（中略）爾来、長門は、読本、草双紙のたぐいを、数十冊も書いて来た。さすがに『春色』の二字の冠さった小本こそ書かなかったが、少年たちに錦絵摺の英雄伝から、膝栗毛や浮世床を真似た滑稽本も書いた。そのうちに、板元のたのみで、大名の御家騒動を書いたのが大当たりに当ったのである。（中略）長門の学識が、御家騒動ものを書く時に、大いに役立ち、他の作者たちの大名生活に対する甚しい無知識にくらべて、その正確な記述は、きわだって見事であった。また、武士という存在に対する長門の観察力は、その悲運の境遇によってきたえられ、他の作者たちの目とは比較にもならなかった。徳川氏治下にあって、如何にして武士という存在が、その質素を忘れ、その豪胆を喪い、その忠実をすてて、文武の道を磨滅させてしまったか――この歴史的観察が裏打ちとなった長門の実録騒動記が世間の喝采をあびたのは当然である。

もとより、長門は、小説作者として現在に満足しているわけではなかった。名を匿《かく》して、板元の企画に応じて書きつづける虚構の物語を、読みかえすのも億劫《おっくう》な、しらじらしい気持になることが、屢々《しばしば》あった。（傍点引用者）

そして後者は、昭和三十一年十二月、近代生活社から刊行された短篇集『奇妙な男たち』の、

「後書」である。

本書に集めた短篇は、私が（注・戦後）純文学雑誌に発表した作品の殆どといっていい。つまり、私が、私自身のために書いたものは、わずかこれだけだ、ということになる。おはずかしい次第である。しかし、わずかこれだけ書くのに、私は十年を費している。私は、自分のために書きたい衝動が起るのは、一年にいっぺんぐらいしかない。その時は、いっさいの生活のための仕事を抛《ほう》りすててしまう。出来上ったものが、世評を買うか否かは、私の知ったことではない。おおむね、罵倒されたようである。「狂者の相」などは、文壇の長老はじめ、多くの先輩作家を、大層不快がらせた模様である。が、私自身は、一向にこたえなかった。私は、その時、心中の泥を吐きすててしまって、せいせいしていたからである。（中略）私は、目下、より多く大衆的な読物を書きなぐっているが、もともと私という人間が、文章表現上企図しているものが、大衆とは全く無縁であることは、本書によって、あきらかにされる筈である。妙な歪んだ時代だから、大衆と無縁であるべき筈の私の考えかたが、広い読者を持つ舞台へひっぱり出されるのであろう。そのことが、すでに、現実の狂気を証明している。ばかばかしい話である。当人は、決して有卦《うけ》に入っているわけではない。

さて、『続・江戸群盗伝』は、原題を『素浪人江戸姿』といい、昭和三十年六月、桃源社から刊行された作品で、初出は不詳である。物語は、正篇『江戸群盗伝』の後を受けて、将軍家斉の娘、雪姫と結ばれた——雪姫は正篇がはじまってすぐ長門に犯される——元旗本の梅津長門を主人公に、幕府役人が秩父山中に隠した抜荷の利益五十万両をめぐる伝奇小説となっている。作品の基本的なストーリーは、モーリス・ルブランのルパン物『金三角』を換骨奪胎したものだ。

梅津長門は、無双の剣の腕前ながら、硬直腐敗した武家社会に絶望し、三日月小僧の敵討ちを手伝ったり、町方や幕府隠密を向こうに廻し、縦横無尽の活躍をすることになる。

長門は社会からドロップアウトした人物として設定されており、その反逆者的な風貌の陰に革命という思想を持っている。さらに黒羽二重の着流しに、辻斬りも辞せず、作品の冒頭で犯した女と永遠の絆で結ばれる——狂四郎と美保代と同じ——というのは、今日的な眼で見れば、明らかに眠狂四郎の登場を準備しているかに見える。

ちなみにこの作品は、昭和三十三年、松竹で映画化されており、長門を近衛十四郎、雪姫を瑳峨三智子が演じていた。但し、当時の映像表現ではエロティシズム描写に限界があり、長門が姫を犯すシーンでは、カメラが反転し、氷りついた池を見せ、彼がいかに冷酷なニヒリストであるかを象徴して見せるなど、演出に苦心のあとがうかがえる作品だった。

集英社版『柴田錬三郎選集』第十八巻巻末の著作年譜では、『江戸群盗伝』は、昭和二十九年五月から三十年四月まで「週刊タイムス」に連載されたもので、この時期は、自ら「戦後文筆を業としてから、あまりにも低劣卑賤な俗悪小説をなぐり書き」(『イエスの裔《すえ》』後記)しつつも、恩師佐藤春夫の激励に「感激」、奮起し、『デスマスク』『イエスの裔』を発表、前者が芥川賞の候補となり、後者で第二十六回直木賞を受賞する時期に当たっている。

しかしながら、当時は今日のように直木賞を受賞したからといって、すぐスター作家になれるわけではなかった。従って、まだまだ糊口を凌ぐために、児童向けの探偵小説『三面怪奇塔』『黒衣の怪人』といった作品や、或いはデュマの『三銃士』等、世界の名作のリライト等を行うしかなかったのである。

そうしたことを前提において、『続・江戸群盗伝』の先に引用した長門の境遇を記した箇所を読むと、長門が読本作者となり、春本の類こそ書かなかったが、子供向けの錦絵の英雄伝から滑稽本まで書いた、というくだりは、それこそ、カストリ雑誌から児童書までを書き飛ばさねばならなかった作者の姿が重なってくる。

さらに、長門の己の学識に対する自負と他の作者たちへの批判、そして堕落し切った武家社会への憤りの裏には、敗戦後、さまざまな文学に接しつつも、

作家が忘れてはならぬ、苦悩しなければならぬ、闘わねばならぬ、真の愛と叡智をその厳しき反省の中にかがやかす魂の焔を見出すことはなかった（「自虐する精神の位置」）

のだ、といい切る、批評家時代の気概や、自分の作品を批難した文壇の文豪たちに向って「文学にも何にもなっていないと威張りかえる老人の動脈硬化をあわれむだけである」（「書かでもの記」）といって、作品集『生きものの夜』を世に問うた、柴錬の熱血漢ぶりがうかがえるではないか。

だが、その熱情は、所詮は自棄的なものと結びついており、「もとより、長門は、小説作者として現在に満足しているわけではなかった」以下に続く傍点部のひどく醒め切った自嘲へと痛ましくも収斂していってしまうのであった。

『眠狂四郎』までの道のり

一方、『奇妙な男たち』の「後書」に記されているのは、いささかの自嘲とともに綴られる一種の不敵さ——それは明らかに、長門の境遇に託して語られる自棄の裏返しとしてのそれとは別種の、自らの拠って立つところを強固にすることができた、その自信から生じたものではあるまいか。特に最後の一節、「当人は、決して有卦に入っているわけではない」は、作者自身に余裕がなければできないものと思われる。

この一巻が刊行された昭和三十一年といえば、既に『眠狂四郎無頼控』や『剣は知っていた』(「東京新聞」昭和三十一年六月十九日〜三十二年七月十七日)の連載がはじまっている。ここでいわれている大衆読物とは、正しくそうした柴錬を流行作家たらしめた評判作のことを指すのだろう。そして、この一文の中で興味深いのは、大衆作家として成功を収めた作者が、それらの諸作を初期の純文学作品との関連において語り、自ら「狂気異常の物語」と定義している点なのである。

実際、柴田錬三郎の初期作品には、作者自ら断言して憚《はばか》らぬように、一種の異様さ、とでもいったものが色濃く塗りこめられている場合が少なくない。今、引き合いに出している『奇妙な男たち』は、原題を『善魔の窖《あなぐら》』（「真実」昭和二十五年一月）といい、このあたり、作者の実体験が役立っているのだろう。

戦時中、日本出版統制会へ勤務した二人の無頼漢と、その企画課に籍を置く、「神の悪戯が生んだ一箇の生ける逆説」立河喜之助の横死を描いた力作である。物語は、善良さの中に過剰な卑屈さを宿しているがために、それが「薄気味わるい人間性の陥穽《かんせい》」となっている立河が、周囲の容赦ない侮蔑を浴びるというもので、そこには醜い人間蔑視と、悪意でしか関係性を結ぶことの出来ない人々の袋小路の中でのうめきが描かれている。

その中で注目すべきは、作中の無頼漢のうち、喜之助の書の才能を知って愕然とする〝私〟が明らかに作者の分身である偽悪家として描かれている点であろう。そして、恐らくはこの一箇の悪を装う魂と、神の生んだ一箇の生ける逆説との間の軋轢が、人間の心の奥底にひそむ、善意を退けるもろもろの背徳や侮蔑、哄笑等を引き出し、この作品をして、作者のいう「狂気異常な物語」たらしめているのではあるまいか。

思えば、この偽悪家としての側面くらい、柴田錬三郎の初期作品評価における誤解を招いたものはないだろう。初期の純文学作品における露悪的な人間関係――たとえば、処女作『十円紙幣』（「三田文学」昭和十二年六月）の、肺を患って故郷岡山に帰省中の旧家の次男が、貧家の子供に、十円札をやるからといって羽織についた野糞を舐めさせ、後にこの子供が身分不相応な金を持っていることから泥棒の疑いをかけられると、俺はやらない、といって血を吐きながら死んでしまう——の設定には、あらゆる意味で、後に柴田錬三郎がいう「現実の乱れ狂った醜悪に対する自己矛盾の挑戦状」が、最もふさわしいのではないか、と思われる。

こうした傾向は、戦後に書かれた一連の作品、『奇妙な男たち』に収められたものの中では、表題作をはじめ、『狂者の相』の、主人公が猫の眼を刳るシーン等に如実に表われ、それらの作品をして、極度の非難の対象たらしめてしまうのである。だが、今日、私たちは、一方でこうした作品を書きながら、既に述べたように一方で戦後、「日本読書新聞」の再刊に尽力し、月刊のブック・レビュー誌「書評」を刊行、死に物ぐるいで批評の筆をとった作者の姿を知っている。これが、自らの創作をも含めて戦後文学の動向を真剣にさぐろうとした、熱血漢の成せる業でなくて、何であろうか。

自身の作品の刺激的と取れる箇所のみを取り上げ、戦後カストリ文化の追従者とする批判に対し、「私の文学的決意が、決して敗戦後の流行衣裳の猿真似ではないということを明かにしたい」といい、「私が処女作に於て如何にあくどい人権蹂躙をやったかは、以下を読まれれば、明かであろう」と『十円紙幣』を投げつける作者は、心中の思いが真摯であればあるほど、かたくなに偽悪家の仮面をつけてしまうのである。

『奇妙な男たち』の「後書」は、いわば、そうした悪評にまみれた作品の自己解説である、ということが出来よう。にもかかわらず、そこには紛れもない不敵な自信が記されている。梅津長門の心中に仮託された、なかば嘆息にも似た思いは完全に払拭されているし、私たちは、柴田錬三郎の口をへの字に曲げた、あの柴錬のイメージを決定づける独特のポーズすら思い浮かべることが出来るのだ。

柴錬こと、柴田錬三郎は、生涯、人前では苦虫を嚙みつぶしたような顔しか見せなかったという。実際には、笑いを浮かべた写真も結構残っている。が、「オール讀物」が、彼の笑っている顔を撮ろうとして二時間かかったという話も伝わっているし、この渋面は、五味康祐の数々の奇行とともに文士がポーズを取り続けることによって、自己の作品の資質を読者に伝えようとした最後の例といえるのではないだろうか。それほどまでに、このポーズは決まっていた。

では、『江戸群盗伝』と作品集『奇妙な男たち』の間に何があったのか。両者の間に存在する決定的な何か——それは、『眠狂四郎無頼控』の執筆以外にはないように思われる。梅津長門の反骨漢としての設定、眠狂四郎と美保代の関係に相当する長門と雪姫の愛情のあり方、掏摸《すり》の金八＝三日月小僧、講釈師立川談亭＝風流軒貞宝、常磐津《ときわづ》師匠文字若＝三味線加津美、白鳥主膳＝小保堂十郎と、様々に呼応し合う作中人物を『江戸群盗伝』と『眠狂四郎無頼控』の双方から読み取り、初期純文学作品の中に、不滅のヒーロー、眠狂四郎の登場によって、ダンディズムにまで昇華する人間の悪徳に関する様々な要素が、生のまま提出されていることを確認し得たならば、やはり次にやらなければならないのは、『眠狂四郎無頼控』までの道のりであろう。その中でキーワードとなるのが、前述の〝凡夫〟である。

たとえば『刺客心中』（「オール讀物」昭和三十年六月号）の主人公である相原尚褧《なおふみ》は、板垣退助を親の敵だという芸者の戯言を信じ、俄かにテロリストに変貌。暗殺に失敗し、かえって「板垣死すとも自由は死せず」の伝説をつくるのに一役買いつつも、自らの一生を棒にふることになる、正しく運命の悪戯に翻弄される凡夫の典型といえるのではないだろうか。こうした傾向は、浄瑠璃坂、崇禅寺馬場という、それぞれ、有名な仇討を扱った二つの作品、『異変助太刀記』（「オール讀物」昭和三十一年三月号）と『生田伝八郎』（「小説新潮」昭和三十一年十一月号）においても同様である。前者は『刺客心中』のまったく逆、すなわち、エキセントリックな主人公奥平源八の強烈な自我により、その父、内蔵之允《くらのじょう》をはじめ、己れの周囲にあまたいる凡夫たちがキリキリ舞いさせられる物語である、と受け取ることが可能だろう。また、後者の主人公生田伝八郎も、抜群の剣の腕を持ちながら、己れを押し流そうとする運命に抗し切れない人物として捉えられている。このように剣客たちを描きながら、同時にその脆さをも露わにした一篇として、塚原卜伝を主人公とした『一の太刀』（「小説公園」昭和三十一年六月号）が挙げられる。作品の巻末で、女の操を賭して、夫の仇討本懐を遂げさせてやった妻の行末を思いやりながら、卜伝は次のように述懐する。

本懐をとげたあかつきには、すてられることを、女は覚悟していたに相違ない。覚悟して、卑劣で未熟な良人のために尽した女心とは、いったい、なんであろう?

この事件が、卜伝の女性観の形成に、殆ど決定的ともいえる不信の要素を与えたことは、卜伝が一生妻をめとらなかった結果としてあらわれたことでわかる。

卜伝は、街道の彼方に、豆粒程に小さくなった夫婦の姿へ、なおも、眼眸《まなざし》を送りながら、——自分が信頼出来るのは、剣のみだ。

と、呟いていた。

このくだりには、三つのドラマが隠されている。一つは、仇討本懐を遂げた夫婦の、それこそ、ドロドロとした地獄絵図のような、処女作『十円紙幣』以下、『狂者の相』や『デスマスク』に至る、作者の純文学系の作品に見られる、露悪的で醜い人間関係を描いたそれである。そして二つ目は、剣一筋に命を賭けて常ならざるをもって常とした剣聖塚原卜伝のドラマであり、更に三つ目は、その卜伝の剣への信頼の背後にあったものを、己れが理解出来ないもの、すなわち、女人に対する怖れであったとする、エトンネである。だが、この怖れこそ、凡夫のそれでなくて、何であろう。そして、この『一の太刀』は、このようなドラマを内包しているが故に、剣豪譚《たん》でありながら、それらが本来持つ、豪快さや痛快さとは程遠い、いや、むしろ、無縁のものとして成立している、ということになるのである。

このように眺めていくと、柴田錬三郎の初期時代小説作品は、意図的に、後の『眠狂四郎無頼控』に見られる痛快さや爽快さを排除した手法で描かれている、ということが分かる。そのことが最も端的に示されているのが『カステラ東安』(「オール讀物」昭和二十八年七月号)と『殺生関白』(「別冊小説新潮」昭和三十二年一月号)の二作品であろう。特に、前者の主人公村山東安については「眠狂四郎のモデルとなった人物のひとり」(磯貝勝太郎)との指摘があり、内面にマゾヒストとしての暗い情念をたぎらせている点で、興味をひく人物として造型されている。物語は、一介のカステラ売りでありながら、長崎奉行にまで出世した東安が、切支丹として火刑に処せられる際、東安縁故の菓子職人茂兵衛が、毒入りのカステラを喰べさせ、一瞬のうちに彼を火焔地獄の業苦から救う——傍目《はため》には正しく、そう見えた刹那の出来事を前半のクライマックスとしている。そして、後半、茂兵衛の口から語られる東安の奇怪な性情は、太閤秀吉に献上するカステラに、紅毛渡りの貴重な油と称して、己が血を混ぜ、「——猿め、わしの血をくらって、大満足であった喃《のう》」と、冷酷な愉悦にひたり、はたまた、秀吉が台湾に向けて兵を送った際、総大将となった次男長庵に「——人肉をくらう蕃族《ばんぞく》とたたかうには、こちらにもそれぐらいの心掛けが要ろうぞ」と、黒熊の顎の肉、実は、自分の腿の肉を喰らわして快感を味わうという、異常なものであった。茂兵衛は、この東安の異常な愛欲の犠牲となったおしまの父であり、東安が火刑を願ったと聞くや、ただ一人、その真意を知り、東安の「おのれの皮膚を焼きながら、すさまじい Masochism（自虐）の快感を味わ」いたいという願望を断つために、毒をもってこれを阻止し、自らの復讐としたのである。

こうしたストーリー展開を見ていくだけでも、『カステラ東安』が、およそ、爽快さを排除した物語であること、東安が主人公であっても、決して、ヒーローたり得ていないことが了解されようし、東安火刑の真相が、切支丹への殉教からではなく、己が究極の快楽を得んがためのものであった、というエトンネ——これも、「『死との対決』が道化じみた虚構であること」を示す一つの方法でありながら、読んだ者をして、ひたすら、救いのない暗渠に突き落としてしまうような絶望に満ちていることが分かるだろう。

この時期、柴田錬三郎作品の中でヒーロー然としているのは、『真説 河内山宗俊』（「オール讀物」昭和二十七年七月号）で主役を張った御数寄屋坊主の河内山宗俊ら、天下を向うにまわして不敵な面構えを見せることの出来る人物に限られており、奥野信太郎が柴田錬三郎を評していった「大兄はその昔、魯迅研究を卒業論文のテーマに選ばれました。（中略）少なくとも魯迅を革命家として眺めることが至当であるとするならば、それと同様に大兄はけっして革命家ではないと断言することも至当でしょう。しかしそれにもかかわらず、大兄がかれに対して示された共感については十分わかる気がします」（柴田錬三郎『新編・三国志』春陽堂、昭和三十三年四月刊、「あとがきにかえて」）という言葉を介して、柴田錬三郎作品に見られる、この作者の革命家・反逆者に対する熱い思いを見るべきであろう。ちなみに『眠狂四郎無頼控』において、大塩平八郎は、「狂四郎がこれまで出会った人物のうちで、最も好意を抱く文武ともに秀れた剛鋭果敢の士」（第二十二話『贋囚人』）として登場しているのだ。

さて、話をもとに戻して、『カステラ東安』と双璧ともいうべき、『殺生関白』だが、こちらは、悪名高い関白秀次の行状とその顚末を、独自の手法によって描いた作品といえる。罪なき座頭に白刃をふるい、不義の疑いのある女房衆を石もて殺し、更には妊婦の腹を裂いて胎児をひきずり出し、挙句の果てには、股肱《ここう》の忠臣に殺し合いを演じさせたという秀次の乱行――そのことごとくが、絶対的権力者たる叔父、豊臣秀吉の重圧下にあえぐ彼自身の自虐の裏返しであった、というのは、いかにも柴錬らしい解釈だが、そうした秀次の狂気をひき出したのが、石田三成の知の策略であったということが明らかになり、秀次も一介の凡夫に転落することになってしまう。ただ、この作品の持つ巧緻さは、それだけにとどまらず、ラストに三成処刑の場を設け、大津本陣の門外にさらされた彼の姿を見た福島正則、黒田長政、小早川秀秋、細川忠興といった武将の四者四様の反応により、人の自虐をもてあそんだはずの稀代の策士が、実は、彼が相対する者どもの心のうちを照らし出す合わせ鏡であったのを明らかにしている点、更には、三成の首を刎《は》ねるのが、秀次の忘れ形見仙千代であったとすることによって、三成が引き出したはずの秀次の自虐が、逆説的な生の讃歌とともに、自らの破滅を招いた自身の身に感無量の喜悦を招く、という構成の妙などにもあるのである。

これらの作品を通して描かれる、歴史や運命によって翻弄される様々な凡夫、そして彼らのあえぎの中から浮き彫りにされるマゾヒスティックな人間の性、その中で展開される「『死との対決』が、道化じみた虚構であること」を提示するための、「異常な孤独と恐怖と悲哀と憤怒」のドラマ――それらは、個々の作品としては、非常に高い完成度を保ちつつも、或る決意をした柴田錬三郎にとっては、次なる大きな作品をものしていくための踏石である、とその作家論的脈絡の中では捉えねばならぬ一面を持っている。

その、或る決意とは――。

たとえば、先に引用した『続・江戸群盗伝』の中では、次のように語られている。梅津長門は、妻雪に向って、遠山の金さんこと、遠山景元から頼まれた仕事を、こう説明している。

「幕府はじまって以来の禁令を調べ、その結果がどうであったか――その一覧を作成してもらえぬか、という頼みだ。……勿論、奉行所に、御仕置類例集や刑罰秘録や禁令考はあるのだが、いまだ、公儀をはばかって市井にかくされている数々の功罪は、記録されて居らぬ。つまり、おれが、素浪人であるのをさいわいに、市井をあるきまわって、禁令の歴史を庶民側から記録してほしい——こういうわけだ」（傍点引用者）

ストーリーの進行上、〝禁令の〟という但し書きがあるものの、ここでいう庶民の側に立った歴史の記録というのが、正史に対する稗史《はいし》、文学の世界でいえば、純文学から大衆読物への越境を意味していることは明白である。戦後、文芸雑誌に発表した作品のほとんどを「罵倒された」と認識していた柴錬である。もともと、「ひょいひょいと、途方もない空想をしてはひとり、にやにやするくせが、年少時から」あり、「少年のころから、友達をつかまえて、たちまち一篇の冒険小説を物語ってみせる空想力をそなえていた」という回想もある。そのストーリーテラーとしての腕の冴えが、更に大きな活躍の場を求めて翔《はば》きはじめたことも理由に挙げられようし、また、先に記した作品評価と絡めていえば、『江戸群盗伝』や『眠狂四郎無頼控』の舞台設定を天保や、文化・文政という江戸の爛熟期とし、もはや、文化の担い手は、硬直した武家から町人へと移った旨を、再三、再四、述べているのは、文壇の大家・巨匠の評言に見切りをつけ、より多くの大衆読者に向って理解を求めた作者自身の姿が投影されている、と見るのが妥当ではないのか。

円月殺法と混血児

かくして、眠狂四郎の登場となるわけだが、柴田錬三郎が、この不滅のヒーローの創造に当たって、そのネーミングにはじまり、その出生、性情、行動と、いちいち、これまでの髷《まげ》ものヒーローの逆を取るべく、腐心に腐心を重ねたことは、既に述べた。それこそ、この作業が、ニーチェが『反キリスト者』において、「――すべての価値の価値転換！」と絶叫したのと同様、作者にとっては骨身を削るような代物であったことは、言を俟《ま》たない。

では、作者は、このヒーローの中に何を託したのか。筆者は、ここまで来ると、聊《いささ》か性急に筆を運びたい衝動に駆られざるを得ないが、ここでは一つ、その問いを次のように組み変え、時間をかけて、論旨の一貫性を図ろうと思う。すなわち、眠狂四郎に到達するまで、作者は何を描き続けようとしたのか、と。一言でいってしまえば、それは、バシー海峡での七時間余の漂流ということになる。だが、この体験は作者にとって、描くことが〝不可能〟なもの、もしくは、眠狂四郎の創造との関連においては、単なる〝こじつけ〟として持ち出されるにすぎないものではなかったのか。確かに表面上は、そうかもしれない。しかし、その内面では、どうであろうか。

ここに、柴田錬三郎の、語らざることに対する共感というものが存在する。たとえば、秋山駿によって「彼（柴田錬三郎）の内部における批評家の出現を示すもの」とされる、「自虐する精神の位置」（「三田文学」昭和二十一年九月）における、戦後文学に対する憤りをぶつけた次なる一節はどうだろうか。

――罵詈、怒号、騒擾、嫉視、詭弁の集積が、自由の名を仮りて、腐敗の精神を（戦時中は強権の圧迫によってかくされていた）焼土に露呈したにすぎないではないか。如何に夥しき雑誌の簇生《そうせい》が中風病みやヒョットコ仮面や酔払いをとりまいてみたところで、個々の判断力のゼロをそのまま如何に積み重ねても百にはならぬのである。むしろ灰を被って坐していた方がましだ。FAVETE LINGUIS（虔《つつ》ましき沈黙を守るがいい）と私は云いたくなる。私は丹羽文雄の軍人罵倒や織田作之助の闇市場的サッカリン趣味や舟橋聖一の幇間的お平の長芋ぶりよりもむしろ小林秀雄の不幸な緘黙に、腹筍の清浄さを認めよう。

私は、作家の魂の奥に燃える焔を、かりに「寂寞」と云おう。（傍点引用者）

ここで私たちが肝に銘じておかねばならないのは、柴錬の、「不可能」であるといって、書けないこと、すなわち、語り得ないことと、ここでいわれている小林秀雄が、〝不幸な緘黙〟のうちにあること、すなわち、語らないこととは、双方ともその対象の重大さを知り尽くしているが故に、恐らくは等質である、ということだ。そして、この後も柴錬は、新しい戦後文学の書き手たちが「死との対決」をくそまじめに描くのを横眼に見つつ、前述の秋山駿の指摘にもあるが、その「死との対決」を大いなる逆説としたわが人生のエトンネを胸に、一人「寂寞」＝「詩のイマアジュを生む、孤独というもの、寂寞というもの、いわば、ヴァレリイが（小林秀雄のいう）

自分のCogitoであるテスト氏を生む為に自分の純化に身を削ったところのもの」(「自我の形成」)を見据え続け、沈黙を守っていくのである。が、一方で、柴田錬三郎は、既に述べたように、生活の為に「あまりにも低劣卑賤な俗悪小説をなぐり書き」、かつまた世界名作の児童向けリライトを次々と書下すことを、余儀なくされるようになる。当然、そこには、己れの抱いて来た「寂寞」の念を、どう作品化するかという問題が、浮かび上って来たに違いない。この論考でも触れた『狂者の相』『善魔の窖(奇妙な男たち)』といった諸作にその刻苦のあとが偲ばれるが、その問題を具体化させるための出口は、柴田錬三郎を戦後文学史に登録せしめた、第二十六回直木賞受賞作『イエスの裔』(「三田文学」昭和二十六年十二月)の中に見出すことが出来る。

この作品は、通俗作品もしくは、児童ものの濫作で、スランプに陥り自暴自棄となっていた作者が、恩師佐藤春夫の激励に応えて『デスマスク』(「三田文学」昭和二十六年六月)を執筆、これが芥川、直木両賞の候補となったことに力を得て書いた野心作である。

物語は、一人の善良な老人が、何故、愛する妹の孫娘を殺さなければならなかったのかを、芥川龍之介の『藪の中』にも通じる手法で描いたものだ。主人公の老人藤助は、作品の冒頭で、一言、「わたくしは、和枝に子供を生ませたくなかったのでございます」と、その孫娘を手に掛けた動機らしきものを語るのだが、後は一切、自分の立場を主張し得ない。藤助の幼友達である築地の料亭の主人、和枝の父の知己である作家某、和枝の情夫であったやくざ、という三者三様の人物の事件に関する証言で、物語は進められていく。その中で、藤助の人生が、お良、澄江、和枝の、それぞれ、芸者、カフェの女給、夜の女と、母・子・孫の、三代の女によって背負わされた労苦に終始したものであることが、明らかにされる。題名は、作家某が語る、藤助は「神の陥穽にひっかかった」だけであり、「生きていればいるだけ不幸になる和枝とその子に、永遠の安息を与えてやっただけ」、すなわち、犯行は、善意から出たもので、その姿に悲しみの路を過ぎてゴルゴダの丘に登ってゆくキリストの後裔を見たことに由来している。

この〝善良なるが故の犯行は、罪として罰せられるべきか否や〟という問題提起を行った作品は、今日から見ると、後の眠狂四郎誕生との関わりから見て非常に面白い側面を持っている。誰しも一目瞭然で気づき得るのは、冒頭、「わたくしは、和枝に子供を生ませたくなかったのでございます」という藤助のことばに、取調べに当たったN検事が「むかし堅気の老人が、もしかすれば頭髪と眼の色の変った子の生れることを嫌厭したのではないかと、推測した」（傍点引用者）と記されている箇所である。この後、N検事は、和枝の情夫であったやくざが、多分、その子は自分の子であろう、と供述することで、老人のことばに対して疑問を深めることになるのだが、この、祖父の手で殺されることによって、呪わしき宿命を回避した胎児が何者の原型であるのか――これは、もはや、言わずもがなのことであろう。

そして、私が、こうした細部の伏線よりも、更に注意を喚起したいのは、この作品の持つ構成、芥川の『藪の中』を模したといわれるそれについてである。何故、死にまつわる最も重大な出来事は、その当事者を離れて三人の証人によって語られなければならないのか。何故、藤助は自らの犯行を語らないのか、いや、語ることを得ないのか。

柴田錬三郎は、こういっている。

この空白を、言葉で埋めることは、不可能といっていい。(「わが生涯の中の空白」)

そして、藤助も、また然り。『イエスの裔』の冒頭には、こう記されている。

惨劇を演じた後、老人は、ほぼ完全に虚脱し、いかなる尋問にも容易に返答をする気配がなかった。

確かに、双方の経験した「死との対決」は、まったく異質なものといっていい。だが、ここで柴田錬三郎は、気がついたのではないのか。わが生涯のエトンネを作品に還元していく際に、語らざることによって語る、という方法があることを。死は常に空白の中にあり——この発想は、時代ものにおいては、先に触れた『一の太刀』の中の一挿話、すなわち、卜伝に打ち倒された杉辺刑部が、聾唖者となり、不言不聴の世界にいた時のみ、剣の達人であり得た、という箇所に引き継がれている。卜伝はその姿に「生命の神秘さをも教えられた」としているが、その空白の中で、刑部は紛れもなく、バシー海峡にいたのである。

ここまで来ると、眠狂四郎への道のりは近い、といえるのだが、柴田錬三郎自身は『イエスの裔』の出来栄えに関しては、不満であったらしい。このことは「『デスマスク』で芥川賞をもらいそこね、『イエスの裔』で直木賞をもらったが、どちらも、私はメチエを試みた。メチエを技巧と翻訳していいかどうか知らぬが、私は私流に、メチエを解釈して、それを試みたのである。／いわば、試作品であって、技巧が鼻につく」（「わが小説Ⅰ『デスマスク』『イエスの裔』」）ということばからも了解されよう。『デスマスク』は、自殺した男、黒田幸太郎（作中では、似而非《えせ》ダンディの文芸評論家と記されている）の通夜に集まった男女——妻、その愛人、その友人が、順番に三者三様の述懐、死者に対する語りかけを行うというもので、『イエスの裔』と決定的に違うのは、その語りかけが、徹底的な悪意の応酬であること、死んだはずの黒田の寸評が随所に挿入され、最後に「（しまった……おれは……自殺などするんじゃなかった……）」という嘆息が記されていること等から、人間に対するリラダン流の残酷趣味、或いは韜晦《とうかい》が感じられつつも、むしろ、一場のコントに近い構成を持っている点であろう。『イエスの裔』は、この悪意を善意へと変え、主人公を完全に沈黙させ、より重要なテーマを打ち出したものであるといえるが、作者が自らの誠実に照らし出したところによれば、それは、一篇の技巧を試みた試作品でしかなかったのかもしれない。恐らく直木賞の選考委員の中で、この内心の慚愧《ざんき》を見抜いていたのは、「『イエスの裔』はこの前の同氏の候補作品『デスマスク』と同じような形式である」ことを懸念するといった、井伏鱒二のみであったろう。

『イエスの裔』は、その一方で、この作品から「『眠狂四郎』に至った私の道すじは、自分ではまっすぐに通っている」というほどの位置を占めることになるのだが、それはやはり、この作品が、死は常に空白の中にあり、という文学的命題を如実にスタートさせた契機となったためであると思われる。

では、こうした発想は『眠狂四郎無頼控』の中にどのように取り込まれていったのか。この作品には、それこそ、これまでの柴田錬三郎作品に示された様々なテーマやモチーフが盛り込まれている。その一つは、『イエスの裔』で、闇の中へと葬られた宿命の子を、新たな剣のスーパーマンとして世に送り出すことであったり、『カステラ東安』の、信仰に唾し、その陰で自虐の快楽にのたうつ姿をかたちを変えて作中にちりばめたり、『真説 河内山宗俊』の反逆児としての不敵な面構えを主人公に付与したりすることであった。

そして柴田錬三郎は、このようにして創り出されていった『眠狂四郎無頼控』を、こう呼んだ——自虐が示す虚構のてづま（「眠狂四郎の生誕」）、と。

では、肝心要のてづまのタネは何か。

円月殺法である。

ここで敢えて再び、その殺しの場面から重要な箇所を抜き出すと、

（注・敵は）奇怪なことに、闘志の色を沈ませて、憑かれたような虚脱の色を滲ませた。

ということになる。

そして刺客たちは円月殺法の前に斃れるのである。闘志を亡くした「憑かれたような虚脱の色」。円月殺法こそは、敵をして一瞬の眠りの中に陥れ、その生命を奪う秘剣ではなかったのか。死は常に空白の中にあり——柴田錬三郎は、これを大いなる逆説の中に創造した。では何が逆説

なのか。何故かといえばその空白を自らの体験として描くのではなく、自分のつくり出したヒーローに斃される相手の中に、換言すれば、当人は「のたうちまわる苦痛に襲われ、何処かへの逃亡を真剣に考えざるを得ない」（「わが小説Ⅱ『眠狂四郎無頼控』」）とまでいい切ったエンターテインメント作品の山場山場にこれを設け、自らは客観視し続ける、という行為を己れに課したからである。

恐らくこの時に、柴田錬三郎作品を貫く「自虐の構図」は完成したのではあるまいか。

そしてさらに、作者自身、『眠狂四郎無頼控』の設定が、「作者自身の快感のためであることは、あらそえない。だからこそ、週刊誌に、毎週、一篇ずつ——せっせと、百何十篇も、いまも書きつづけていられるわけだが……」（「眠狂四郎の生誕」）といっていることから、この連作が、作者の「わが生涯のエトンネ」に対するささやかな復讐の意味がこめられていたことは明白であろう。

だが、果たしてそれはいつまで続くだろうか。いやしくも柴田錬三郎は「寂寞」を知る人である。「大衆と無縁であるべき筈の私の考えかたが、広い読者を持つ舞台へひっぱり出される」「当人は、決して有卦に入っているわけではない」——だが読者は狂四郎がニヒリズムの裏返しとして抱く果断な行動によって生じる爽快感に拍手を送り続けた。一方、作者は、読者が拍手を送ればば送るほど、ニヒリズムの陰に秘められた自虐のこころを、含羞《がんしゅう》へと変えていったのではあるまいか。

ちなみに、冒頭で取り上げたエッセイ「独語」を、柴田錬三郎は次のように結んでいる。

私は、自虐を裏返しにすることにした。

そして、やがて、大衆作家、柴田錬三郎が生れた。自虐を裏返しにした虚構は、大いに当った。

嘘をついて、金が儲かる。いい商売である。深夜、空虚感におそわれるぐらい、なんだ！

正に善良なる偽悪家、柴錬の真骨頂ではないか。

眠狂四郎の誕生、――それは、その生みの親である柴田錬三郎の、苦虫を嚙みつぶしたような、生涯、絶やされることのない、苦笑のはじまりでもあったのである。

そして狂四郎が混血児であるという設定には、単に終戦後の混血児問題に即応した、というばかりでなく、近代以降、偏狭なナショナリズムにとらわれることなく、かといって、追従的な欧化主義にも足もとをすくわれず、確固たる規範をもって生きる者は、畢竟《ひっきょう》、異端者にならざるを得なかったという彼なりの意味合いが託されているのではないのか。そして恐らくそこには、アメリカから押しつけられた戦後民主主義への懐疑をも含まれていたであろう。その意味においては、混血児問題云々というのは、妥当であろう。

主人公の抱く虚無感は、そうした異端者故の哀しみから生まれ、読者が抱く爽快感は、彼のそのニヒリズムの裏返しとしてとる果断な行動によって生じる。そして作者は両者の振幅の中に、剣とエロティシズムに満ちた万華鏡の如き物語を設定した。正しく、てづまといわれる所以はここにあるのだ。

同時代作家、石原慎太郎との違い

ここで再び、では『眠狂四郎無頼控』が単にニヒリストの剣難女難の物語であるのか、と問えば、私にはそういい切れない、といわざるを得ない。

その大団円、「何処へ」で、十余名の隠密組と凄絶な対決を行った狂四郎は、甲賀忍組の頭領に救けられる。彼は、「わしは、おぬしとたたこうているうちに、忍者のかしらたることが、だんだんいやになって参ってな……、おぬしに対する攻撃を中止したのを機に、こうして、この庵に、隠居いたした。おかげで、はじめて、人の生命を救うよろこびを知った次第だ」（傍点引用者）という。

狂四郎を単なるニヒリストであるというならば、恐らくは眉一つ動かさず、政治的暗殺を繰返してきたであろう、甲賀忍組頭領に訪れた、この逆説を何と解釈すればよいのであろうか。先に記したように、狂四郎は父を殺した男である。さらに従兄をも斬り、その妹を従妹と知らず犯してしまった男である。然るに、この物語は、何と、狂四郎と美保代の純愛物語として幕を閉じるではないか。

美保代もまた、第一話「雛の首」で狂四郎に犯された女であった。が、母の面影を宿した美保代は狂四郎にとって永遠の女性となる。そして深手を負いつつも、狂四郎は病魔にむしばまれ、「わたくしを、母さまのお墓へ、おつれ下さいませ」といって果てた美保代を、母の墓に葬ることになる。たまさか出来心で辱《はずか》しめた女が永遠の女性になるなど、偶然も甚しい、とリアリストはいうかもしれぬ。だが、その偶然を必然に昇華させ、愛をうたいあげるのは、真のロマンチストのよく成し得るわざではなかったか――。

狂四郎の物語には、彼と世間を結びつける善良なる心意気を持った人々がしばしば登場する。たとえば前述の巾着切の金八や、講釈師の立川談亭のように。そして、その根底には、恐らく偽悪家を装い続けた作者が持っていたある願いがこめられているような気がしてならない。敢えて結論からいえば、それは本当にささやかな、といってもいい、小市民的幸福である。こう記すと驚かれるかもしれないが、そのことは、狂四郎と彼の眷族《けんぞく》たちよりも、盗賊や忍者といった、作中で、彼らニヒリストたちと主従関係を結ぶ従者の側に端的に示されているように思われる。

たとえば、柴錬版、ロミオとジュリエットとでもいうべき『剣は知っていた』のラストを見るがいい。金とも名利とも無縁に去っていく眉殿《まゆどの》喬之介と鮎姫に同行する猿彦と守人の会話は、次のように交される。

「小父《おじ》さん――」

守人が、しんがりを美奈月を曳《ひ》いて歩いている猿彦をふりかえった。

「若様は、どこへ、お行きになるの?」

「さアてと――」

猿彦は首をかしげてみせた。

「どこであろうかな?」

「京なら、いいな」

「なぜじゃな?」

「京へ行けば、天皇さまや関白殿がいるんだろう? 若様のような立派なお人を、すてておかないだろう?」

「ふむ。お前は、若様が、大きな国の御領主におなりになったら、侍大将にしてもらって、銀鞍白馬にうちまたがり、旗差物《はたさしもの》をひらめかせ、大身《たいしん》の槍《やり》をかいこんで、われこそ敵中一番乗り——という夢をふくらませているのであろうかい?」

「うん、そうだよ」

守人が、顔をかがやかせて、うなずくと、猿彦は、かぶりをふって、つと、その小さな肩をとらえると、耳もとで、

「人間の幸せは、そんなはれがましいすがたではないぞ」

と、ささやいた。

猿彦は、無言で、十歩あまりさきを、ならんで行くふたつの後姿を指さした。

「……な、わかったかい。おふたりとも、立派な衣服を身につけておられるわけではない。ふところの金子《きんす》も乏しい。土地もない。家もない。……したが、この世に、あれほど、美しいおすがたが、またとあろうかい」

「うん——」

「この世の幸せとは、あれをいうのじゃて」

そう教えて、猿彦は、満足げに、二三度、大きく、うなずいてみせたことだった。

さらに『運命峠』では、どうか。主人公は、日本の六十余州に身の置きどころがない、豊臣秀頼の側室とその子供を守って守って守り抜いて、遂にすべてをなくしてしまった秋月六郎太である。「完全な孤独」に心をひたした六郎太が秩父山中にいると確信した忍者、運天は、山中の木《き》樵《こり》からその事実を知るや、「あるじ様っ！」と叫んで宙を飛んでいく。

また、『主水《もんど》血笑録』のラストで、生きる希望を失った小夜の自害を稲葉小僧は次のようにおしとどめる。

「間にあってよかった」

と云ってから、坐ると、小夜をじっと瞶《みつ》めて、

「もしや、こういうことでもあろうかと、予感がしたものだから、急いで戻って来てみたら——これは、あっしの勝だ」

「…………」

小夜は、俯向いた。いまはじめて、泪が睫毛の上へふくれあがり、膝へしたたった。

「お小夜さん。……人間は、生きるために、生れて来たんじゃござんせんか。死ぬなんて、卑怯なわざだ。生きているうちに、生きていなくちゃならねえ仕事が見つかるというものだ。

……お前さんは、若いんだ。それだけでも、生きていなくちゃ、いけませんや、生きてお行きなさい。あっしのような男には、しち面倒くさいことはわからねえ。ただ、人間は、生れたからには、石にかじりついても生きてみせる、という料簡を忘れないことが、一番大切だとは、誰の前でも、大声あげて云いきることができますぜ。……たのみだ、お小夜さん、生きて行っておくんなさい」

誠意のあふれたその言葉は、清水のように、小夜の心に、しみ入った。

「はい。……わたくしが、あさはかでございました。……生きてみます」

「ありがてえ。およばずながら、このあっしも、なんとか力をお貸しいたしましょうぜ」

稲葉小僧は、背中の寒さに、高窓の障子が開けたままになっているのに気がついて、立ちあがった。

「ああ、もうすぐ夜明けだ。東の空に、都鳥が舞っている。……人間よりも、鳥の方が、さきに、夜明けを待っている――」

と、独語した。

主人公は柴田錬三郎同様、偽悪家＝ニヒリストでなければならぬ。しかし、作者の誠実は、いま引用したように彼らの従者や脇役の側にこめられているのではあるまいか。

ここで一つの書籍について触れておきたい。

森秀人の『反道徳的文学論』（昭34、三一新書）は、眠狂四郎を逆説的モラリストとしてとらえた興味深い同時代評だが、その中で当時の一般読者のこの作品に対する率直な感想が記されている。

それは、工場でテレビをつくっている女性のそれで、ニヒリストの狂四郎について、

目的も希望もないのに『狂四郎』は夢中になっていろんなことをする。贋の小判の話のときにね、〝俺はなぜこんなつまらないことをするのだろうか〟とつぶやきますね。あれが気に入っちゃった。だって、あたしはいつもそういってるんだもの。

朝の七時半から夜の六時すぎまでテレビをつくってさ、帰って好きな野球をみようとしたって、男の人が沢山たかってて全然見えやしないの。だから塀にのぼってテレビを見るんだけど、嫌になっちゃう。気が変になるまでして作ったテレビを、当の本人がなんてあさましいかっこうで見なければならないのかと思うと、うちの課長さんがよく云う〝君たちは文化の第一線に立っている〟なんて演説なんか〝なにさ〟っていいたくなる。

そういうあたしが、この頃どんな気持でベルトに向っているか想像できます？

円月殺法じゃないけど、真赤に焼けたハンダゴテを持って、全然つまらないこの仕事を、〝あたしはなぜこんなつまらない仕事をやらなければならないのだろう〟などと考えないで、ただ馬鹿みたいになって一生懸命やるの、するとね。妄執みたいな気持になるの。『狂四郎』が、自分の刀しか信じないのと同じように、あたしはあたしのハンダゴテしか信じなくなるの。

『狂四郎』が、全然無意味なことに一生懸命になれるのも、自分の刀を信じているからだなぁーとつくづく思うのです。

だから、『狂四郎』が女性に対してまったく恥かしいような悪いことをするのを読んでもつい許しちゃうのです。『狂四郎』も結局、わけのわからないハンダゴテを持った、孤独な人間だと思うからかも知れません。けれど『狂四郎』は、少しもくよくよしない。妄執みたいに毎日毎日何かしている。自分のことで、他人を非難しない。ねばりと勇気がいつも体一杯充ちている。

それは、崇高な目的を持った人が勇気と忍耐に充ちるのは当り前だと思いますが、混血児として生れた『狂四郎』が、右を向いても左を向いてもみにくい不真実ばかりを見せつけられ、果てはなに事にも目的をもつことができなくなったその時にもなお、自分の刀を信じて勇気を持ち続けているということが、なにかとても今のあたしの気持を引きつけるのです。


というものだ。

しかしながら、この一巻はせっかく『反道徳的文学論』と銘打ちながら、『眠狂四郎無頼控』の連載がはじまった昭和三十一年に刊行された極めて〝反道徳的〟な著作を挙げることを怠っている。

石原慎太郎の『太陽の季節』である。

そして前述の工場で働く女性がこの作品を読んだら、狂四郎とは別の意味で「女性に対してまったく恥かしいような悪いことをする」主人公の竜哉を許しはしないだろう。

それは結論からいえば、狂四郎の悪行が、社会に対する様々な葛藤から生まれたものであるのに対し、竜哉のそれが自身の身勝手な思いから生れているからではないのか。

物語に沿っていえば、竜哉は、自分のやっているボクシング同様、暴力的快感によって相手を支配する極めて物質的な動機から英子を愛するが、互いの純愛が成就することに嫌悪をおぼえ、英子を兄に売り、さらに彼女が自分の子を妊娠したことを知っても冷酷さを貫く。そして英子が帝王切開をし、腹膜炎を併発して死亡。彼女の葬式で、香炉を写真に投げつけ、「貴方達には何もわかりゃしないんだ」と叫んで去っていく。

その表面上の意味合いのみをとれば、美保代が死んだときの狂四郎の思いは竜哉と同様「貴方達には――」というものだったろうが、この二人の場合は、命がけで愛を貫くために越えて来た様々な修羅がある。

さて、『太陽の季節』は、芥川賞受賞後、作品の倫理性をめぐって様々な論争が巻き起こることになる。

芥川賞の選考の際に、舟橋聖一が「私は若い石原が、世間を恐れず、素直に生き生きと、『快楽』に対決し、その実感を用捨なく描き上げた肯定的積極感が好きだ」と記したのに対し、柴錬の師でもあった佐藤春夫がこの作品の風俗性を排撃、「作者の美的節度の欠如」を嫌悪したといったように、この時点でもう論争の火ダネは用意されていたといっていい。

しかし、それ以上にこの作品は、太陽族、すなわち、既成の秩序にとらわれず、奔放に行動する戦後世代的で無軌道な若者を表わすことばに象徴されるように、時代の風俗をつくっていったのである。

もはや戦後ではない――『経済白書』にそう記された年、狂四郎と竜哉は、突如として戦後文学に登場したのである。

そして作品以上にセンセーショナルだったのが、作者の石原慎太郎であった。慎太郎刈りという髪型、ヨット、車――様々な角度から時代の寵児となった石原は、「太陽の季節」（昭31、日活）映画化の際、弟・裕次郎を端役でデビューさせ、自らは「日蝕の夏」（昭31、東宝）、「婚約指輪《エンゲージリング》」（昭31、東宝）、「危険な英雄」（昭32、東宝）と素人ながら立て続けに三本の映画に主演、一作目が「石原慎太郎が主演したというのみの通俗作品」（福岡翼、「キネマ旬報増刊 昭48・11・20 日本映画作品全集」）であったにもかかわらず、人気スター並に作品がヒットしたのは、慎太郎人気以外には考えられない。ちなみに、兄の原作、脚本、主題歌作詞の第二作「狂った果実」から裕次郎がスター街道を突っ走ることは今さら贅言を要するまでもあるまい。

一方、『眠狂四郎無頼控』も昭和三十一年以降、鶴田浩二、市川雷蔵、松方弘樹の主演で次々と映画化される。

『太陽の季節』が発表されたのは、石原慎太郎が一橋大学在学中のことだったが、こんなエピソードがある。

石原は、同人誌の「一橋文芸」復刊を目論んでいたが、あるとき、講演にやってきた伊藤整に講演を記録して良いかと尋ね、許可が出ると、これを雑誌に載せて良いかとも尋ね、これまた許可が出た。しかし刷る段になると金がなくなり、何と伊藤整のところへ資金援助に出向いたというのである。

このときのことを伊藤整は、おしつけがましくなく、素直さと大胆さが一緒になっている特殊の印象を持ったといい、八千円を渡している。

素直さと大胆さが一緒になっている——石原慎太郎が政治家に転身して人に好かれるところがあったとするならば、実はこんなところではなかったのか。マスコミの寵児となった石原は、その中で小説家としての感性を——『化石の森』などの名作があったとしても——劣化させていく。そして政治家へ転身し、都知事への階段を登りつめていった過程で発表したのは、『「NO」と言える日本——新日米関係の方策《カード》——』、小田実《まこと》との対談『日本について語ろう』、『わが人生の時の人々』等で、いずれも大きな話題となり、後者二作は、共に文藝春秋読者賞を受賞——ということは、日本の保守層との対話がはじまったというべきか。

かつてマスコミの寵児であった慎太郎は、かつ、若者のヒーローでもあった。こうした慎太郎の老いとは逆に、柴錬こと柴田錬三郎が、晩年、命がけで行ったのは、若者との対話であった。このことは後に詳述する。

とまれ、ほぼ時を同じくして登場し、戦後日本を代表することとなった二人の作家——その活動の変遷を見ていくと、様々な対照と同一が明らかになってくるから面白い。

同一からいえば、前述の石原が日本の保守層との対話を行い、柴錬が若者とのそれを好んだことであり、対照は映画化作品でいうと、これは私の持論でしかないのだが、平成十九年公開で慎太郎が脚本と製作総指揮を手がけ、最後に映画に関係した作品に表れている。その作品とは、〝特攻の母〟と呼ばれた鳥濱トメの視点から祖国のために命を散らした若き特攻隊員の青春群像を描く、「俺は、君のためにこそ死ににいく」（東映他）である。

作品は冒頭、

私は縁あって、
特攻隊の母といわれた
鳥濱トメさんから、
（特攻）隊員たちの秘められた、
悲しくも美しい話を
聞くことが出来ました。
雄々しく美しかった
かつての日本人の姿を伝えて
残したいと思います。

という石原のことばを掲げている。

作品に対する打ち込み様から察するに、そこに石原なりの感動があったことは想像に難くない。しかし、もし柴錬が生きていてこれを見たら、冒頭の「雄々しく美しかった」云々のくだりで眉をひそめたであろう。

柴錬は、エッセイは別として小説では決して実際に自身の体験した戦争のことを語らなかった。戦争を知っている者ほどそうしたものではあるまいか。そして、「雄々しく美しい」のくだりには徹底して否を唱えたであろう。

三島由紀夫自決に対する解答

そして、そして眠狂四郎はといえば——。ここに一つの異色作がある。『眠狂四郎無情控』(「週刊新潮」昭和四十六年一月二日号〜十二月二十五日号)である。何故、異色作なのかといえば、この作品が柴田錬三郎の三島由紀夫自決に対する解答になっているからに他ならぬ。

物語がはじまって間もなく、知行合一を命題とした陽明学を奉じる江戸城本丸同朋、沼津千阿弥が、鶴岡八幡宮にて「ひとえに憂国の至情」から切腹するという事件が起こる。その際の千阿弥の檄文は、以下の如し。

檄
我、柳営同朋の家に生れて、今日二十八歳。班固《はんこ》が志にならいて、八歳にして小学に入り、十五歳にして大学に入り、二十歳にして一芸に通じ、ようやく今日五経終れり。然れども、古人の学を識《し》る日きわめて短く、節義に暗し。而《しこう》して、同朋衆なるいやしき家に生れし故に、士道に謂《い》う「覚悟」を修むること能《あた》わず。

方今、天下を見るに、東照神君が御世《みよ》を治め給いしより茲《ここ》に二百有余年、太平の間に、士は士道をかえりみざること、弊履《へいり》を棄《す》つるがごとし。

（中略）

三民の首となる士は、上は君に事《つか》え、下は民に臨むものなれば、その風《ふう》正しかるべきなり。即ち礼儀廉恥を旨とし、驕奢《きょうしゃ》を抑え、懦弱《だじゃく》を排し、剛毅《ごうき》朴訥《ぼくとつ》の風を尚《とうと》ばざるべからず。されば、士風を正すためには、士気を養わざるべからず。士気を養えば、おのずから士節満ち、士道を行うを得べし。

（中略）

東照神君のご定として、武家諸法度の第一に記されたるは文武両道を学ぶべし、とあるなり。

然るに、方今、士が士道を忘れるさま、目を掩《おお》わしむる惨状なり。信義道心なき者が、閨《けい》閥《ばつ》によりて、公儀の高き地位にのぼり、諸役人は賄賂をむさぼり、大名は一家を肥すことのみに夢中になりて、閣老に阿諛《あゆ》し、富有の商人に詐術をめぐらし、その領分知行所の民百姓を困窮の底に苦しませ、旗本は、屋敷風を野暮とののしりて、町人風俗を猿真似し、腰の剣をただの装飾となし、文武のすすめを蚊のうなり声とうるさがる堕落のきわみ、学問も政治も人位の分を知らざること、今日よりはなはだしきはなし。されば、三民の怨気、天にのぼりて、この一両年、暴風雨を呼び、地震を招き、山も崩れ、河も溢れて、五穀飢饉の上に、万人を仆《たお》す疫病の流行と相成れり。

まさに、方今の武士は、祖先の武勲を盗み、主君の禄を貪りて、生涯ただ盗賊奴隷の生命を送るのみ。

武術は一種の花法に堕《お》ち、時世に阿《おもね》り、浮華に趨《はし》り、文弱に流れる有様、枚挙に堪えず、何を以《もっ》て、三民の上に立つ士というべきや。

されば、今日只今、武家に非ざるいやしき同朋の我が、文武両道のなんたるかを、天下に知らしめるべく、虚偽を去り、死生を一にする知行合一の良知を致すものなり。凡庸怯懦《きょうだ》の輩《やから》は、双眼をみひらきて、とくと見とどけるべし。

丈夫《ますらお》のふみ入る道に生《おい》しげる
　しこの醜草《しこぐさ》　薙《な》ぐはこの太刀
天保壬辰《みずのえたつ》孟春
沼津千阿弥

狂四郎は千阿弥に、「お手前は、いつの間にやら、仮面をかぶって居るうちに、それをはずせなくなった苦しさを、内心の片隅に蔵して居るのではあるまいか?」（傍点引用者）といい、「檄文を読め！」と叫ぶ千阿弥に対し、「その檄文を、黙って、読み下す者は、ほとんどいなかった。／ただいたずらに、怒号し、罵詈し、叫喚をあげるばかりであった」という有様である。そして、古式に則った屠腹をすると思いきや、二十歳ばかりの坊主が介錯人として登場する。それを見て狂四郎は、「――介錯は、古式にはないことだが……」とも「――一太刀では、首を落せまい」とも思う。そして三の太刀でようやく、千阿弥の首は落ちる。

狂四郎は、その場に居合わせた水野忠邦の側頭、武部仙十郎の「ののしった役人どものうち、幾人が、あのように、十文字に腹を切る勇気を持って居るか？」「いや、たぶん、一人もああはやれまい。……あっぱれな最期であった、と云わざるを得ぬ」という独語を耳にし、それに対して「わずらわしいものにおぼえ、微かな嫌悪感にかられた」と思わざるを得ない。そして、「――千阿弥は、数知れぬほど人を斬ったこの無想正宗で、介錯しようと申し出られたならば、どんな軽侮の顔つきをしたことだろう？　人を斬ったことのない門下の坊主だからこそ、介錯させたのだ」と内省する。無論、狂四郎の刀がけがれているということが理由だったかもしれぬ。だが、この苦痛に満ちた介錯は、千阿弥のいう士道地に堕ちた泰平の世にあって、若者の心のうちに尚武の念を抱かせしめるためであったに相違ない。

ここから狂四郎の苦悩がはじまる。彼は天才といわれた千阿弥の諫死《かんし》を「――わからぬ！」と断じ、一方、千阿弥門下の坊主たちの切腹が続くのを見て、微かな憤りを感じはじめる。これはパロディではない。柴田錬三郎は、本気でこれを書いている。そして、千阿弥の切腹に端を発して起こるのは、豊臣遺産百万両をめぐる争奪戦であり、つくられたのは、文字通り、死体の山である。

さて、陽明学の徒という点では、先に記した大塩平八郎は狂四郎が好意を持った人物だが、何故、千阿弥が分からぬといわれ、否定されねばならないのかといえば、その死が〝憂国〟の二文字に貫かれていたからに他ならぬ。それは、前述の死体の山の中に、死んではならぬ者たちがいたからである。ようやく一件に結着がつき、武部仙十郎が「お主の弱いところを狙って、十五歳以下の少童たちを、家中からえらんで、あとを追わせる愚策もやってみた。その一人が、帰って来て、この家の庭で、切腹し居った」「わしは、切腹した十四歳の少童を抱いた時、生きれば、わしの年齢まで――あと五十年も、この世に在ったであろうに、と思うた」と告白する。いつの時代にあっても、はやく死ぬのは若者たちである。そして、今回は、この奸智にたけた老人も、己れの使命を放棄してしまうのである。が、物語は、狂四郎が「脳裡によみがえって来た沼津千阿弥の壮絶な死にざまを、はらいのけられないまま、冷たい宵闇の底で、身じろぎもしなかった」という一節で終わりとなる。

「憂国の情」に依る死体の山――これはバシー海峡で神と出会い、国家という名の宗教を否定した柴田錬三郎には許しがたいものであったはずである。が、物語の中で狂四郎は、結果的に、千阿弥寄りの行動をとったわけであり、ここに戦中派、柴田錬三郎の複雑な陰翳が刻まれている、といえるだろう。そして恐らくは、無駄死をしたであろう三島への思いも。こうなると狂四郎の混血という設定は、未だ米軍基地が残る日本の象徴たり得るのではないか。そして作者の心も激しく揺れているのである。その振幅の中で、作者は何を成し得たのか。戦後、アメリカ民主主義が日本人に与えたもの、それは、権利と義務である。これは何も悪いことではなかろう。が、その中で、両者を主張するあまりに日本人が忘れてしまったものがある。それは何かといえば、〝責任〟の二文字であろう。

戦中派の責任の取り方

それがどのようなものであったか、ということは、柴田錬三郎が、最後に成し得た三つの仕事のうちの一つに関わっている。柴田錬三郎は、昭和五十三年六月三十日、肺性心により、六十一歳のとき慶応病院で死去するが、最後の短篇は、同五十二年、「小説新潮」十月号に発表された「一心不乱物語」であった。

この作品で語られているのは、山浦清麿の一番弟子・宗麿の「刀は、わが身を守るためにある。人を斬るためにあるんじゃない」という一言が、幕末から明治という時代を経て、彼を師と仰いだ大助の胸に宿っていく経緯である。この宗麿の一言に、あるいは読者は驚かれるかもしれない。何しろ、そういわせているのは、狂四郎に円月殺法をふるわせ、刀を一刀三拝式の武士の魂から兇器へ転じせしめたとされる柴田錬三郎なのだから——。

だが、ここにこそ、彼の真実があるのではないのか。今日、私たちが多くの作品を通して気づかされるのは、常に逆説やエトンネを通して問われる、主人公の虚無的な風貌の中に燃え立つ正義感であり、生命の愛おしさであったりするのである。

そして、「一心不乱物語」こそ、名ばかりの近代を生きて、敗戦と引き換えに虚無のポーズを得た作者の含羞の裏返しとして、書かれた狂気異常の物語——それらことごとくを運命に抗し得る人間の善意の物語に転換し得る、力を持った作品ではないのか。柴田錬三郎は、最後の最後に、己れの純粋な魂を開陳することを自らに許したような気がしてならない。

二つ目の仕事は、病床で最後まで筆をとり続けた『柴錬忠臣蔵・復讎四十七士』（「週刊文春」昭和五十一年八月五日号〜五十二年九月二十三日号、一時中断の後、五十三年六月一日号〜八月十日号、未完）である。実際の人物・事件を扱っても伝奇的趣向を付け加えることを得意とした作者は本領を発揮。浅野内匠頭切腹のくだりで、内匠頭が将軍家の処断と庭先での切腹への抗議として、辞世を記すべき短冊を白紙のままつき返し、「風さそふ花よりもなほ我はまた――」で知られる辞世は、急きょ、片岡源五右衛門が室鳩巣《むろきゆうそう》につくらせたものとなっている。

さらに「此段兼ねて知らせ申すべく候得共」という内匠頭の尻切れトンボの遺書も、言外に家臣への深い詫びを含ませたものとしており、刃傷までの経緯も虚実さまざまな事件を積み重ねて無理がない。

加えて、大石内蔵助の隠し子で、小山独歩という柴錬好みのニヒリストが登場し、吉良・浅野の確執の一因をつくることになっている。正に伝奇的な手法による忠臣蔵の決定版であり、作者は最後まで、〝花も実もある絵空事〟に徹したわけだが、もともとこれは、師である佐藤春夫が『晶子曼陀羅』を書いた時にいったことばであり、その意味では柴田錬三郎は最後まで、師の良き弟子であったというべきであろう。

再び作品に戻れば、討入りというタイムリミットへ向けて、己れの生きざま・死にざまを問われる浪士たちの言動は、そのまま死期の迫った作者自身に重ね合わされてしまい、実際の小説以上の重みをもって私たちに迫ってくる。

そしていよいよ三番目の仕事だが、偽悪家、柴田錬三郎の戦中派としての責任の取り方――それは、いまを生きる若者たちと真摯に向きあうことであった。それを証明するのが、「週刊プレイボーイ」の昭和五十三年五月二十三日号から十一月十四日号まで連載された――ということは、死後もストックがあったことになる――若者からの人生相談『円月説法・柴錬のダンディズム指南』である。これは今東光の『極道辻説法』の後をうけてはじめられたもので、死後刊行された単行本冒頭に次のような「回答者の弁」が記されている。

いまは亡き今東光大僧正は、きみたちにとって、かけがえのない、最高の先達《せんだつ》であった。おれが、大僧正に敬服したのは、先達でありながら、教育者のかたくるしさも、指導者のくさみも、全くみせなかったことだ。

あれだけの豊かな経験と底知れぬほどの学識を有《も》ちながら、その態度は、きみたちと同次元で呼吸している生ぐささに終始していたね。だから、きみたちも、和尚の回答を納得した。和尚の人気が絶大であった所以《ゆえん》だ。

山中で老い朽ちている坊さんが、悟りきった面つき、口調で教えをたれても、君たちは、そっぽを向いたろう。

半世紀以上も年齢をへだてながら、今東光の回答には、膝をまじえて語るあたたかさがあったね。

大僧正のあとをひき継いで、回答者になるのを承知したのは、このおれにも、そのあたたかさがあることに、いささか自信を持っているからだ。

おれは、きみたちとは、同世代だと考えている。十も歳がちがうと、ジェネレーションの差をうんぬんする馬鹿野郎が多いが、冗談じゃないよ。三十や四十、歳がはなれているのが、なんだというのだ。人間の一生なんざ、粟飯一炊の間の短かさにすぎん。

一世紀は百年だ。百年、それ以上へだてていたら、われわれは、世代を異にしていることをみとめようではないか。第一われわれは、百年前の坂本竜馬、二百年前のナポレオン、三百年前の織田信長に会うことは絶対に不可能なのだ。歴史学者や小説家が、史実をしらべ、手さぐりで描きあげた像を、読んで、想像するよりほかに、会う手段はないのだ。俳優が、テレビや映画で、信長をけんめいに演じてくれても、実像とはおよそ程遠い、似ても似つかぬしろものにすぎぬ。

おれが、きみたちと同世代だ、と敢えていうのは、おれときみたちは、同じ地球上で、同じ空気を吸い、同じ新聞雑誌を読み、同じ食物を食い、同じ映画テレビを観、同じ喜びと怒りと哀しみと楽しみをおぼえているからだ。

そして、おれが回答者の側にまわるのは、おれが君たちの年頃に、同じ失敗をやっているからだ。おれは、失恋もした。大学入試にも失敗した。一流会社に就職もできなかった。文壇へ出るのに、ひどい遠まわりをした。つまり失敗をつみかさねた男だから、苦しみ悩むきみたちと膝をまじえて語ることができるのだ。

おれは、坂本竜馬やナポレオンや織田信長のような英雄じゃないが、同世代のよしみで、きみたちのナマの苦悩を読んで、ナマの文章でこたえられる。今東光大僧正になり代って、相談を受けてやる。

惚れていながらどうしても、「惚れている」と告白できない奴がいたら、その娘をつれて来い、と命じ、ひと目見て、こっちが気に入り、「おれにくれ」と言えるぐらいの生ぐささが、おれにはあるのだ。さあ、なんでも、きいて来い。

何という愛情の深さであろうか。

実際、相談の中には、「柴錬さんもオナニーしますか?」「カラオケで受けるテクニック教えて」「パチンコ必勝法ってないもんかな」等々、下らないものも多かった。が、柴錬は、それら一喝してすませればいいような相談であっても、誠実さをもって答えた。相手と同じ土俵に立った。ダンディズムが快楽よりも禁欲を伴うものであることを語った。ここにその一例を挙げておこう。

——として入るのは編集者の合の手である。

親友をかばった勇気は評価されるか

僕はAと親友です。Aとは高校に入ってから知り合い、友情を結んだんです。Aとは同じクラス。席も並んでいます。この前の試験のとき、僕はAの答案用紙に答えを書いてやっていたところを教師にみつかり、ひどく叱られました。結局その科目は〇点でした。Aは「おれが悪かったんだ」と僕に詫びましたが、僕はちっとも悪いと思っていません。だってAとは親友なんですから。逆に僕はAに「おれはお前の親友だ。親友のためにやるのは、当り前。おれは、当り前のことをやっただけじゃないか」と、言ってやりました。みんなはこんな僕を、男気のあるやつだと、評価してくれています。こんな僕を先生もホメてくれますか。

（鹿児島県　匿名希望　16歳　学生）

「きみは、きみ自身がいう友情に酔っているようだが、これはあんた安っぽい友情だよ。大体ねえ、本当に友情のあるやつだったら、自分ひとりの胸に秘め、おれに賛同を求めるような相談はしてこないわな。きみ自身が考えてやったという友情はだな、友情という名に価いはせんわな。それは、単なるおせっかいに過ぎんよ。おせっかいを友情だと誤解しているだけだ」

――そうでしょうか。

「そんなおせっかいよりも、男は〝心意気〟を勉強しなければだめだ。

北条泰時は心意気を持った武将だった。それにひきかえ父の北条義時は陰険で邪智に富んでいた。親父の義時は、頼朝の宿将で、剛勇をうたわれた和田義盛を、はずかしめてだね、わざと怒らせた」

――つまり、戦争の口実を作ろうというこんたんで。

「そうだ。和田義盛は怒りにまかせて、北条の屋敷を襲撃した。だが、奸智に長けた北条義時は、あらかじめ伏兵をもってかためていたので、如何に剛勇をうたわれた和田義盛もかないっこないやな。

義時は悪辣だったが、息子の泰時はちがう。和田義盛が襲ってきたときは、一族のため戦ってこれを破ったが、あとで将軍の源実朝が、その功を賞して、陸奥遠田郡の地頭職に任じようとしたとき、泰時は、このたびの戦いは、わが親の不徳といたすところ、子としてやむなく敵を防いだまでのことで、恩賞をお受けする理由はありませんといって、これを固く辞退した。つまり、男の心意気というのは、この泰時のような場合をいうのだよ」

――まことにもって立派な。

「おれの好きな、男の心意気を表わしたセリフは、『シラノ・ド・ベルジュラック』の最後の場面のそれだ。シラノが死んでいくとき、迫りくる死神にこういうんだ。〝おれのすべてをくれてやる。みんな持って行け。しかし、ただひとつだけ、貴様らに絶対に奪われないものがある〟

ロクサーヌが、それはなんですか……と訊くと、シラノはこういうんだ。〝それはな、このおれの心意気だ!〟

そして、シラノは息絶える。男だったらこうありたい。試験の答案を友達に替って書いてやったことで、英雄気取りになるなんて、実にちっちゃいやな。ギブ・アンド・テイクという意識が、ひとつもないのが男の心意気さ。どうだ、すがすがしい精神じゃないか」

事実、柴田錬三郎は、自分が時代小説を書くのは、主人公に心意気を持たせることができるからだといっている。が、十六歳の少年に対するこの回答が、偽悪家の成せるわざか。次の世代に対して誠実を示すこと――このような方法で、戦中派の責任を取った作家を私は知らない。もう柴錬を偽悪家と呼ぶのはよそう。彼こそ、戦後作家の中で恐らくは最も善良かつ純粋な魂を持った一人なのだから。

そしていま、日本は、世界は、柴田錬三郎が含羞を隠すために偽悪家の仮面をつけた時より、狂気異常の度合いを深めている。

そんな時、私は、誰かの手で第二の眠狂四郎が誕生することを願ってやまない。

何しろ彼はこういっているのだから――。

「素浪人眠狂四郎と申す――おぼえておいて頂かぬ方がのぞましいが、もしも宿業の縁であったら、あるいはまた、お会いするかも知れぬ」

（新潮文庫版『眠狂四郎無頼控（六）』所収「月の濡肌」）

第二章　五味康祐の懊悩

五味康祐　Gomi Yasusuke

大正10年(1921年)—昭和55年(1980年)

大阪府大阪市生まれ。早稲田第二高等学院中退。戦後、さまざまな職を経て上京、神保町にて新潮社の編集者、斎藤十一の知遇を得て、新潮社の社外校正のかたわら執筆を行い、昭和二十八年、『喪神』で芥川賞を受賞した。昭和三十一年、週刊新潮の創刊号より『柳生武芸帳』の連載を開始し、人気を博す。著書はほかに『柳生連也斎』『薄桜記』『二人の武蔵』などの時代小説と、クラシック音楽の造詣をいかした『西方の音』、趣味が高じた野球評論や麻雀、観相学の著作もある。

「おれはいちばん大事なものを売った」

もし五味康祐が武田泰淳の『司馬遷』を読んでいたら――多分、読んでいるだろう、五味は、武田が参加していた〈夜の会〉の会計係であったのだから――その冒頭、「司馬遷は生き恥さらした男である」のひそみにならって、「自分は生き恥さらした小説家である」といったかもしれない。

昭和三十年、秋、五味康祐は、慚愧と焦躁、そして諦観の中にいた。

「オール讀物」十月号に掲載した『柳生連也斎』が轟々たる反響を呼び、一躍、その文名が上ったためであった。作品のヒットは作家の将来を約束する。だが、五味にはそれを素直に喜べない事情があった。

それはひとまず措くとして――。

「何故、世間はおれの欺術なぞに易易と乗るのか」

五味は思った。

作品は、尾張柳生の名剣士、柳生連也斎と鈴木綱四郎との試合を描いたもので、五味は作品のラストを次のように結んだ。


やがて、一人の額から鼻唇にかけてすーっと一条の赤い線が浮上った。線から、ぷつりぷつりと泡が吹き出した。するとその武士はニヤリと笑い、途端に、顔が二つに割れ血を吹いて渠《かれ》はどうと大地に倒れた。


これをめぐって、斬られたのはどちらだ、という議論が巻き起こった。

確かにそう書きはした。だが、作品の中で二人の剣士が試合を行ったのは慶安二年三月二十一日である。

——連也斎が死んだのは、元禄七年。どちらが斬られたのか分かりそうなものではないか。

それにおれは、二人のうち、どちらが高貴な魂の持ち主かはっきり書いておいたはずだ。

これもまた、確かにそうであった。

試合を前に、連也斎はまず、己が剣術指南をしていた若君、光義への暇乞いと、新陰流印可相伝のために江戸へ赴く。その途中、隠棲中の父、兵庫介を訪ね、綱四郎が宮本武蔵から伝授された『見切』の秘太刀を制するには「相手の影を斬れい」との一言を授かる。そして、尾張に帰ってからは試合のために身を律する。

一方、綱四郎は、隠し女と別れの情を交わし、流れついた土左衛門を嘲笑する。

五味は、

凡庸の使い手は、試合の場に臨んで初めて勝負をするが、心得ある兵法者は試合を約したその日に、既に勝負をはじめるものである。

と記しており、どちらが高貴な精神の持ち主であるかは歴然としている。そして勝敗もまた然り。

が、にもかかわらず、あたかもその裏に何事かがあるように作為をもって物語を結んだのも五味自身である。かくして五味のジレンマは果てもなく堂々めぐりを繰り返してとどまるところを知らない。

そしてもう一つ。『柳生連也斎』には、奇っ怪ともいえる事柄が描かれていた。それが、連也斎が父、兵庫介より教えられた〝相手の影を斬る剣〟である。

その場面を作中から拾うと次のようになる。

すなわち――

綱四郎は朝陽を背に構えている。足許から影が連也斎の足下まで延びている。連也斎はその影の尖端を踏んでいる。太陽はわずかにわずかに昇る。影はちぢまって行くだろう。その太陽の昇るにつれて短くなる綱四郎の影の長さだけ、連也斎は進んだ。（中略）連也斎は、進退をただ天の運行に託したのである。太陽は昇りつづける。森羅万象は運行を偕《とも》にする。動かぬと見えて、影は少しずつ縮まり連也斎は綱四郎に詰寄っているのである。

普通、こうなってはもう絶対に綱四郎に勝目はない。謂えば、連也斎の太刀先には天体の運行それ自体が意志となって詰寄るからだ。人間のたくみな意志や術策など、こういう森《しん》象《しょう》の圧力の前には児戯に均しい。

となる。

だが、何が「普通、こうなっては」なのか。

あくまでも普通、剣の立ち合いでは、太陽を背にした者が圧倒的有利となる。しかしながら、連也斎の剣はその太陽に向って進み、かつ、宇宙自然の森羅万象と一体となり得た者が勝利する剣とは――。

およそ、歴史・時代小説において、かかる剣の発明は一度として成されたことはなかった、といっていい。が、この時、五味にそういった者がいたならば、彼は苦しそうに顔を歪め、次のようにいったかもしれない。

「違う、おれはいちばん大事なものを売ったのだ」

ここでいちど五味康祐の経歴を確認しておきたい。

五味は、大正十年十二月二十日、父、五味栄一、母、寿子の長男として大阪市南区難波町で生まれる。この年、父が死に、母方の実家の祖父母に育てられる。祖父は士族の出で、大阪南地で劇場（後に映画館）を経営しており、家に出入りする役者や芸人の音曲を耳にし、裕福な家にはその頃、珍らしい蓄音機やSPレコード、本が潤沢にあり、病弱な五味は、やがて文学の世界に耽溺していくことになる。

早稲田第二高等学院に入るも、出席日数が足りず、昭和十七年、二十一歳の時に中退。この頃、日本浪曼派の文学運動を知り、決定的な影響を受ける。しかし、学生時に召集され、中国大陸での過酷な軍隊生活を経験。終戦となった昭和二十年、南京近郊の謝雅店で捕虜生活をしていた時、聴覚の異常に気がつく。翌年、復員するも、生家は焼け野原となっていた。

その中で文学だけを支えに放浪を繰り返し、亀井勝一郎を頼って上京。冒頭で記した〈夜の会〉の会計係を担当。この頃、シュルレアリスムを口にしつつも、一方で、聖書を読んだり、近代思想をいう前に神学を勉強しなければならぬ、と考えていた。

東京での生活は刺激に満ちていた。冒頭に記した〈夜の会〉の会計係となった五味は、ここで、岡本太郎、野間宏、埴谷雄高、佐々木基一、椎名麟三、安部公房らを知るのである。多少なりとも文学に志を持った青年が、こうした面々と出会って普通でいられるわけがない。

だが五味は、私小説『指さしていふ——妻へ——』の中で当時をふり返り、つとめて冷静に次のように記している。

文学青年である私に、当時戦後派と呼ばれたこれらの作家達との接触は一つの影響を与えた。彼らは私の持つ発想法から全然別の所で物を言った。私を古いと嗤った。ひそかに私は彼らをペダンティックだと嗤った。それでも、西欧思想の体系的教養が私にないこと、私が余りに美に淫していることを、私は反省させられた。ヘーゲルが本当に理解出来る日本人なぞいるものかと平松は嘯いたが、《夜の会》ではヘーゲルなどは友達なみに心安く扱われていた。扱う彼らの思いあがりを見抜くのはた易い。併し何を云っても私には哲学的な、それの体系的、勉強の機会が今迄なかった。彼らに新しさがあるかないかは知らず、彼らが偽物か真物かは云わず、私自身もう一度西欧の思想や文芸を勉強する必要がある事を私は感じた。そのためには先ず神の問題から入らねばならぬだろう、と考えて、聖書を読むことから私ははじめ、近代思想をいう前に神学《テオロギー》を勉強した。

では、ここに記された五味の反省の中にどうしてある種の反撥が含まれているのか、といえば、そこに彼の文学への希求の核を成す日本浪曼派への思いがあったからだ、という他はない。

五味はまた、こうも記している。

私は『日本浪曼派』に文芸の上の発想以上に、文学者の自戒を学びとった。清らかなもの、善美なもの、東洋民族への愛を、どれほど強くうたい上げても歌いすぎる事はない、とその頃私は考えていた。

そして殊更《ことさら》、文芸をもって戦時中のアリバイづくりをする輩や、恐らくは当時の肉体派の文学を指すであろう、〈自由〉の名の下で瀰漫《びまん》していた性描写に対して「忿《いか》りを持った」ことを告白している。

さらに、如何に軍閥に踊らされたにしても、銃を把《と》ったことの責任は己れ自身のものとして残る、とした上で、

生涯での最も貴重な時期——勉学の時代に出陣を強制された我々のどう仕様もない知識低下に対する絶望を私は思い、絶望のもってゆき場のない煩悶や、現実の生き難さを一人の女性への誠実な愛によって支えてゆく——そういう青年の文芸を僕らは持たねばならぬと考えた。

と続けているのだ。

この「一人の女性」が五味と結婚することになる野沢千鶴子であることは言を俟たない。

では、五味が己れ自身に、「清らかなもの」を要求し続けた日本浪曼派とは何か?

五味に「優美な、純潔な、時に放埒の姿をともなった生命の流露感と流露に伴うかなしみを正しくつづ」ることこそ文学の命題である、と規定させたところの日本浪曼派——。

これを最も分かりやすく記せば、日本浪曼派は、ドイツロマン派の影響を受けて——五味の場合、リルケの『マルテの手記』への深い傾倒にそれはあらわれている——昭和初期から、反近代、古典、古美術、そして日本精神への回帰を標榜した文学思潮、もしくは、それらを軸とする美学の一派であった、ということになる。しかしながら、日本浪曼派は、ファシズムの台頭と軌を一にしたことや民族主義を主張したこと、さらには、戦時中、この一派に心酔した多くの若者たちの死を「清らかなもの」として葬る結果となったことなどにより、戦後の一時期、タブー視されてしまう。

その中心的人物が、五味が生涯、師と仰いだ保田《やすだ》與重郎《よじゅうろう》である。保田は東京帝国大学在学中の昭和七年に同人誌「コギト」を創刊、同十年には亀井勝一郎らと「日本浪曼派」を創刊。五味は中学生時代に「コギト」に接し、戦後になってから保田に師事している。当然の如く保田は戦後日本に対する否定者であり、五味の戦後における自身の身の処し方は、一見、民主主義的な発想によるように見えて、実は、浪曼派でいうところの「清らかなもの」をその根幹に置いていることからも、保田の影響は大きい、といわざるを得ない。

そして野沢千鶴子は、五味が「日本浪曼派の精神につながる人として尊敬していた」歌人、前川佐美雄の義妹であり、当時、五味の作品発表の場は、同人誌「新林」や前川のやっていた「オレンヂ」等であった。

その五味が固執し続けた「清らかなもの」の、恐らくは結晶ともいうべきものが、日本浪曼派の代表的詩人、伊東静雄の第一詩集の表題となった、「わがひとに与ふる哀歌」であった。ここにその全文を引用する。

太陽は美しく輝き
あるひは　太陽の美しく輝くことを希ひ
手をかたくくみあはせ
しづかに私たちは歩いて行つた
かく誘ふものの何であらうとも
私たちの内の
誘はるる清らかさを私は信ずる
無縁のひとはたとへ
鳥々は恒《つね》に変らず鳴き
草木の囁きは時をわかたずとするとも
いま私たちは聴く
私たちの意志の姿勢で
それらの無辺な広大の讃歌を
あゝ　わがひと

輝くこの日光の中に忍びこんでゐる
音なき空虚を
歴然と見わくる目の発明の
何にならう
如かない　人気《ひとけ》ない山に上り
切に希はれた太陽をして
殆ど死した湖の一面に遍照さするのに

話を『柳生連也斎』に戻せば、これでお分かりいただけるだろう。一組の男女が、自分たちの内なる清らかさを信じ、かつ、自らの意志で自然の讃歌を聴きながら、手を握り合い、太陽へ向って歩んでいく――。何故、連也斎の剣は太陽に向って進む剣なのか。そして何故、その剣は、森羅万象、宇宙の動きと軌を一にするのか。

最も愛していた詩人の詩を、かつては日本浪曼派の詩人たらんとした自分が、売文の糧にしてしまった。

「――断じてオマージュではない」

五味は偽悪家と化し、むしろ自分にそういい聞かせたのではないのか。

何故、そうかといえば、この詩が自身の「いちばん大事なもの」である理由はそれだけにはとどまらなかったからだ。

前述の『指さしていふ――妻へ――』の中で五味はこう書いている。

雨降りしきる中、野沢千鶴子と一つの傘をさし、はじめてその肩を抱き寄せた時、「かく誘ふものの何であらうとも、私たちの内の、誘はるる清らかさを私は信ずる」と、好きな詩の一節を私はくちずさんだ。すると突然、「伊東静雄のその詩は私も大好きです」とあなたはびっくりするような高い声を出して言った。あなたの身を固くしていたものはそれで崩れた。

太陽は美しく輝き
あるひは　太陽の美しく輝くことを希ひ
手をかたくくみあはせ
しづかに私たちは歩いて行つた
かく誘ふものの何であらうとも
私たちの内の
誘はるる清らかさを私は、信ずる
…………

私達は小声に口ずさみ乍ら歩いた。

余談になるが、かつて、経済学者、古賀英正、すなわち、小説家、南條範夫の家を訪ねた際のことである。ペンネームの由来が、若くして死んだ恋人、南條範子の夫になりたかったからであると知った私はこうたずねた。

「そのことは小説には書かないのですか？」

すると、南條は即座に、こういい放った。

「いちばん大事なことは金には代えぬ」

と。

もし、浪曼者というい方があるならば、真の浪曼者の矜持とはこれだろう。

にもかかわらず、日本浪曼派の裔たることを自ら任じた五味康祐は、いちばん大事な記憶に連らなる詩を売文の犠牲《いけにえ》とした。それもかなり確信犯的に——。

何故、それが分かるかといえば、五味の死後、文春文庫から刊行された『真田残党奔る』（原題『太陽の忍者（傍点筆者）』）のラストで、猿飛佐助は太陽に向って奔っていくのである。もはや、オマージュか売文か、この時、五味自身、自分のやっていることがかなり、錯綜して見えていたのかもしれない。

『喪神』によって芥川賞を受賞してから、僅か三年、

「もう自分は、剣豪作家として後戻りできないところに来てしまったのか」

五味は嘆息した。

かの名作『柳生武芸帳』の連載開始は、指呼の間、翌昭和三十一年に迫っていたのである。
「すべては、斎藤十一との出会いがはじまりだった」と、五味は、その奇縁を思わずにはいられなかったに違いない。

「新潮」編集長、斎藤十一との運命の出会い

五味は、〈夜の会〉の会計係をしていた昭和二十三年十一月、師と仰いでいた亀井勝一郎から破門されている。

いま、五味の書き残したものの文脈からさぐれば、それは、亀井夫妻、特に夫人が五味と野沢千鶴子との結婚に反対したことによっている。つまりは、ほとんど収入らしい収入もない五味に結婚する資格はない、ということだったのであろう。

だが、五味は翌二十四年、保田與重郎の媒酌で結婚する。

しかしながら五味の結婚生活のあらましについては、皮肉にも亀井勝一郎（夫人）の読みが的中する。

定職を持たぬ文学的放浪の中、五味は覚醒剤中毒となり、辛くも快方に向かうが、妻とともにはじめた「おしるこ屋」等の商売はことごとく失敗に終わる。

昭和二十六年暮れ。千鶴子は、
「何かの足しにして下さい」

と、一度手を通したきりの訪問着を取り出して五味の前に置き、泣きくずれて実家へ戻ることになる。

一方、五味は単身、いま一度、亀井勝一郎を頼って上京するも、門前払いをくらい、放浪を重ねる——。

が、そんな折、神が降りてきたとしか思えぬ出来事が五味をとらえる。

浮浪者同然の格好で、霏々《ひひ》と雪の降る中、神保町の『レコード社』の前を通りかかった五味に、天上からのものとしか思えぬ素晴らしい音楽が聴こえてきたのである。

五味はその音楽に聴き入り、空を見上げてハラハラと泣いたという。聴覚に異常があるはずの五味の耳に、この時、神が宿ったとしか思えない——。

『レコード社』の主人、松井は外見で人を判断するような人物ではなかった。

「聴くんなら中へお這入ンなさいよ。其処じゃ寒いでしょう」

と五味を招じ入れ、いまかかっている曲がフォーレのヴァルカローレ集で、弾いているのは、エンマ・ボワネーであることを教えてくれた。

そして、五味の身の上話を聞き、「小説を見せてくれ」（さすがに恥かしく五味はこれを断っている）というばかりか、帰りの電車賃を貸してくれた。その金を返しにいった時、松井は、実は自分は「新潮」の編集長を知っていること、そしてその編集長が、古い付き合いであることを語り、とうとう五味を鎌倉にある編集長の家へと連れていってくれたのだ。

斎藤十一との運命の出会いである。

ところで私は、斎藤十一に一度だけ会ったことがある。氏が亡くなる半年前頃、平成十二年の初春のことである。

当時既に斎藤は、新潮社内部でも伝説の存在であり、滅多に口をきいてもらえないだの、恐くて近寄ることもできないなどと、さまざまに噂されていた。

私は、「週刊新潮」編集部にいたMに、斎藤さんにいちど五味康祐のことを聞きたいと思うが、どうかと、諸々ある伝説の真偽を問うた。するとMがいうに、

「いや、そんなことはないですよ。きちんと礼をもって接すれば、礼をもって答えてくれる人ですよ、(五味のことを) 話してくれるでしょう」

とのことだったので、決然 (正にそんな風に緊張していたように思う)、鎌倉のお宅へうかがうことにした。

Mに地図を書いてもらったのだが、私には方向音痴なところがあり、あの丘の上のようだが、とウロウロしていると、当の斎藤が出迎えにきてくれた。

私が斎藤家の二階に通されると、そこには、『レコード社』の松井が、「すッばらしい音だよ。あなたなンか幾ら泣いたって、泣ききれやしないよォ」といい、五味を感激させたオーディオセットがそのままに置いてあった。

私が、五味が私小説等で書いたことは本当なのですか、と問うと、斎藤は、静かに聞き、否定も肯定もしなかった。そして、じれた私が、『柳生連也斎』は、五味による伊東静雄の「わがひ

とに与ふる哀歌」へのオマージュだったのではないのですか、と問うと、

「君の方がよく知っているじゃないか」

と、いってニヤリとされた。そして、

「五味は、この部屋で、夕陽がさしても、いつまでもいつまでもレコードを聴いていたものだよ」

といって、目を細められた。

五味は、斎藤十一の斡旋で新潮社の社外校正員となり、何とか千鶴子を東京に呼び寄せ、カツカツながら生活ができるようになる。そして斎藤は、五味が持ち込む原稿に、採用、不採用にかかわらず（その実、それらのすべては没となった）、稿料を支払った。

五味は、後にあれは、斎藤のポケットマネーだったのではないか、と思うが、気羞ずかしさがあるため、尋ね得ない、と記している。

その五味に、斎藤は、昭和二十七年十二月の「新潮」の「全国同人雑誌推薦小説特集」に原稿を書かないか、と勧めた。その結果、生まれたのが、五味の実質上の処女作であり、第二十八回芥川賞を受賞した『喪神』である。

五味はこれを、ドビュッシーの前奏曲「西風の見たもの」から想を得たといい、これを副題としていたが、斎藤は「しかし〝西風の見たもの〟は余計だね。あれは削っといたよ」といったという。

さて、ここで私は五味康祐を論じるにおいて自分が致命的な欠陥を持っていることを告白して

おかねばなるまい。実は私は、謂うところのクラッシック音楽に不案内なのである。世間でいうクラッシックに関する一般的な常識はわきまえているつもりだが、ある時、クラッシック音楽の、というよりは、一部のそれを聴く人たちの権威主義的なものの見方を嫌悪して、クラッシックから遠ざかってしまった。以来、もっぱら私はジャズに惑溺していった。だから、五味の『喪神』をはじめ、『秘剣』『柳生連也斎』等の作品に見られる二人の剣士の対決が、音楽の対位法によるものだということは分かる。しかしながら、五味が『喪神』のアイデアをドビュッシーの「西風の見たもの」から得た、という時、それが事実か、彼の自己韜晦の為せる業かは、判断しかねる。ただ、斎藤十一の「あれは削っといたよ」の一言に、必ずしもそれは事実ではないのではあるまいか、という思いがするまでである。

とまれ、五味康祐は、この『喪神』執筆に関しては、徹頭徹尾、自分を偽悪家で通している。

たとえば、『私小説　芥川賞』の書き出しはこうである。

『喪神』が芥川賞候補になったのをしらされた時、実の処、目の前が真っ暗になった。『喪神』は、はじめて売文を意識して書いた小説である。(売文)が言いすぎなら、原稿料になるようにと心掛けて書いた。

無論のこと、作家とは、小説を書いて暮しの糧を得る者のことをいう。

しかしながら、五味にとってそれは、違っていた、ということになる。『指さしていふ——妻カーを欲しくて書いたとも、本当は夫婦で可愛がっていた野良犬のGENが目の前で轢死するのを見、何時までも餌を待っていたGENの「信頼をこめた眼に、(貧乏故に) 遂に私は応えてやれなかった」、その悲哀が書かせてくれたのだともいっている。

一体、どれが本当なのか?

先のドビュッシー云々というくだりは、斎藤十一自身の「削っといたよ」ということばがある限り、五味がいかにもらしくつくりあげた挿話ではないか、という気がしないでもない。

また、パーマックス欲しさに書いたという発言は、欲しいには欲しかったろうが、いかにも偽悪家ぶってはいないいか。

そうすると、私が五味の文章を読む限り、最も正直な心情が出ていると思うのは、野良犬GENの死が書かせた、というくだりなのである。五味は記している。

せめて、肉の骨の一本でも買ってやって死なせたかったと、貧乏である己れへの奇妙な憤りを覚えなかったら、私はまだ小説を書かなかったかも知れない、と思う。われわれの貧乏なのは得心の上のことだが、畜生には何の責もない。(中略) 本当はGENの死が書かせてくれた作品だった、と云える。

お前はこの文章を額面通りに受け取るのか、と問われれば、少なくとも私はそうしたいという意志がある。何故なら、『喪神』執筆の動機について、私はこのGENのくだりのみ、五味の文章が明らかに泣き濡れているように見えるからだ。

一人の浪曼者の心にたぎる灯は一匹の野良犬の死へ捧げられてはいけないのか。いけないことはあるまい。

一体に、五味にしても柴田錬三郎にしても、皆、何故これほどまでにシャイな偽悪家なのであろうか――。

芥川賞受賞作『喪神』

五味康祐が「芥川賞候補になったのをしらされた時、実の処、目の前が真っ暗になった」という『喪神』は次のような作品である。

物語は、天正丙戌《ひのえいぬ》の歳暮、妖剣の使い手であるといわれる瀬名波《せなわ》幻雲斎は、豊臣秀吉の御前試合で、比村源左衛門を斃し、次いで比村の知人、稲葉四郎が真剣勝負を挑むが、続いてこれも斃されるところからはじまる。それから十四年後、幻雲斎を父の敵として狙う松前哲郎太(旧姓稲葉)は、多武峯《とうのみね》に隠棲中の幻雲斎のもとを訪れるが、かえって力及ばず、逆に弟子となって夢想剣を学ぶことになる。

その夢想剣の極意とは、

肝要なのは、人間本然の性に戻ることである。即ち、食する時は美味を欲し、不快あらば露わに眉を寄せ、時に淫美し、斯くの如く、凡《およ》そ本能の赴くところを歪めてはならぬ。世に、邪念というものはない。強いて求むれば、克己、犠牲の類いこそそれである。愛しえぬ者は憎むがよい、飢えれば人を斃しても己が糧を求むるがよい。守るべきは己が本能である。欲望を、真に本来の欲望そのものの状態にあらしめることである。

であり、さらに、

——世上の剣者は臆病を蔑む、兎角《とかく》胆の大小を謂う。愚かなことである。臆病こそ人智のさかしらを超えた本然の姿である。臆病は護身の本能に拠る。故に臆病に徹せよ。終始臆病であることをこそ、剣の修業と心得よ。

と続く。

そして、或る人が眼に飛来する礫《つぶて》を避けようとして瞼を閉じるを見て、これぞ正然の術であり、かつ、守ろうとする意志すらない、間髪の気合。意志以前の防禦の境に自分の心を置いたのである。

従って幻雲斎の使う夢想剣は、相手に斬りかかられるや、守りに徹するが故に条件反射の如く鞘走り、我を取り戻した時には敵を斃している妖剣ということになる。

ここで余談ながら、『喪神』以前の剣豪小説について記しておけば、村上元三の『佐々木小次郎』(「朝日新聞」夕刊、昭和二十四年十二月一日〜二十五年十二月三十一日)を挙げねばならない。この作品は、GHQの指示により、禁圧下におかれていた本格的な時代小説の復活であり、かつ、記念すべき夕刊小説復刊の第一弾であった。

そして特筆すべきは主人公佐々木小次郎の性格づけであった。吉川英治は、『宮本武蔵』において、主人公武蔵の求道者としての像を打ち出すとともに、講談等で白髪の老人とされていた佐々木小次郎を若々しい青年剣士とした点にも特徴があった。

村上元三は、この像を受け継ぎつつも、その内面を徹頭徹尾、武蔵と逆にした。武蔵が太鼓の撥捌《ばちさば》きから二刀流を思いつくのに対して、こちらは出雲のお国の弟子、まんの舞いから秘剣つばめ返しを思いつくというように、あくまで優雅。小次郎は、そのまんや琉球の王女、奈美とのロマンスを重ねつつ、最愛の女性、兎禰《とね》と結ばれるという設定も、お通の愛を受け入れられない武蔵とは対照的だ。小次郎は武蔵のストイシズムとは正反対のエピキュリアンとして創造されたのである。

『宮本武蔵』を時局的危機感を視野に入れた国民的規模での自己形成小説であるとするならば、『佐々木小次郎』は、既成の権威が崩れ去った時のアプレゲールたちの一片の純情を描いた作品であったかもしれない。

そして、従来の歴史・時代小説史の脈絡の中でいえば、幻雲斎の剣は、小次郎の快楽肯定を一歩も二歩も推し進めたものとして、この後、眠狂四郎の円月殺法へ受け継がれることになるのだが、もとより五味がそんなことを念頭に置いているわけがない。

彼の頭にあるのは、

——書き上った原稿を斎藤氏に渡したとき、言い知れぬ淋しさが私を襲った。ひそかに誇りをもって守ってきたもの、自らの純粋さを私は売った、そんな気がした。正直にいうが、ペンネームを使いたかったくらいである。詩人の五味康祐は、誰に知られなくてもいい、無名のままでいい、潔癖に生きつづけるそんな詩人だったと思う。『喪神』をどう仕様もない文学的衝動に駆られて書いたのではなかった。若い世代に共感を呼ぶ新しさは何もない。一人の新人が世に出る必然性は、何一つ其処にはない作品だ。（『私小説　芥川賞』）

という懊悩のみ——。

では『喪神』は何のために書かれたのか。

話をそのストーリーに戻せば、それから八年、幻雲斎と養女のゆき、そして哲郎太の三人の共同生活は、幻雲斎の「お前も、あらかた夢想の妙義を獲たようだから、一度、山を下っては何うか」という言葉で終わりを告げる。

その下山の朝、幻雲斎は哲郎太の背後から仕込杖を一閃させる。が、血を噴いて倒れたのは幻雲斎の方であり、作品は、夢想剣をふるった哲郎太が心神喪失の状態でふらふらと山を降りていくところで幕となる。

幻雲斎は哲郎太を斬るつもりであったのか、それとも討たれてやるつもりだったのか。『柳生連也斎』の結末における、どちらが斬られたのかを明らかにしない、後に多田道太郎いうところの「オブスキュランチスム」（非明晰主義）は、『喪神』において既に提示されていたのである。

そして恐らくは、一般の読者の論議の焦点は、前述の斬るつもりであったか否か、ということにしぼられるであろう。

例えば、徳間書店版『五味康祐選集』第七巻の解説で大井広介は、『喪神』が発表された際、やはりそういう論争があった、といい、

幻雲斎の落命を、哲郎太に本懐をとげさせるため、わざと斬られてやったのだと、いう見解、どんな偉い先生の見解だろうと、そんな受取りかたをすれば、（中略）立川文庫と選ぶところがなくなる。

と、断じた上で、ラストで幻雲斎の臆病が逆に機能したのだと推理する。すなわち、

如何せん。夢想剣は臆病―防禦によって開眼をみている。仕掛けられれば、無類に冴えるが、相手に殺意がなければ、木偶《でく》に等しい。幻雲斎はどたん場で不覚にも、防禦の特技とアベコベに、はじめて先制攻撃を仕掛けた。それを無意識に斬り捨てたのは夢想剣であり、加

害意識のなかった哲郎太は、むしろ思掛けぬ成行の負担に「ふらふら」とよろめき去った。彼もまた妖剣の一種の被害者である。

臆病から夢想剣をあみだした幻雲斎が、臆病という仝《おな》じモメントから破綻し滅び去る。

果たしてそうであろうか。

余談になるが、かつて『大衆文学事典』を編集し、世に送った故真鍋元之が、純文学と大衆文学の差別がまだ厳然とあった頃、大衆文学の研究をしています、などというと、まともな扱いは受けなかったと語ったことがある。

しかしながら、近年、アカデミズムの立場から剣豪小説へのアプローチを試みる仁もあり、「日本近代文学」第七十八集（平成二十年五月十五日）に掲載された牧野悠の「五味康祐『喪神』から坂口安吾『女剣士』へ——剣豪小説黎明期の典拠と方法——」にはじまる論考をその顕著な例として挙げることができる。

この論考で牧野は、五味が典拠としたと思われる史料をもとに『喪神』のラストを、一つには、豊臣の浪人組に加わって死ぬことも叶わなかった幻雲斎が危険な自己を封印するための哲郎太を利用した自殺であり、一つには妖剣と妖剣がぶつかり合う、仇討と自殺の同居した結末である、としている。

では五味康祐の描く剣は、柴田錬三郎のように自身の戦争体験を反映することはなかったのか。私は五味と柴田の描く剣の描写に一つの共通のキーワードを見る。それは「空白」である。眠狂四郎の円月殺法は相手を一瞬のうちに眠り＝空白に陥れ、その命を断つ剣であったし、幻雲斎の夢想剣は幻雲斎が相手を斬るとき、彼は完全に夢想の境地＝空白の中にいる。斬る者、斬られる者の違いはあるにせよ、両者は完全に死を「空白」の中に置いている。あたかもそれは死が描き得ないものであるかのように――。

柴田の場合、それはバシー海峡での漂流につながるかもしれない。では五味の場合はどうか。彼の戦争体験とかかわる作品は三篇ある。いずれも半自伝的作品であり、これらの作品の中で五味の分身は逸見《へんみ》という名前で登場、「天皇陛下ばんざい」（「別冊小説新潮夏季号」昭和四十八年七月）はその出征までを、「先生哀号」（「小説新潮」昭和四十九年二月号）と「軍旗燃ゆ」（「別冊小説新潮夏季号」昭和四十九年七月）は戦場体験を描いているが、五味の年譜でいえば、前者は昭和十九年の「五月、第二補充兵として応召し、直ちに中支へ派遣され、椿第百六十八部隊第二大隊機関銃中隊に配属された。翌二十年にわたって、長沙、衡陽作戦に参加。後に、暗号兵となった」に相当し、後者ではソ連兵の進軍を肌で感じ、「八月、九江付近で終戦を知った」に当たることになる。

この二作品に顕著な点は、せっかく自分の分身、逸見を登場させながら彼の目を通した主観的な描写はなく、様々な資料の引用から客観的な読物としていることである。屍体が死屍累々と横たわっている場面もそうだ。そしてあろうことか逸見は戦場でうっかりと居眠りをし、恐怖にかられて目をさますのである。

死を「空白」の中に置くというのは、やはり、戦場体験と切り離しては考えにくい。

そして再び話を「喪神」のラストに戻すと、私が注目したいのは、先の大井広介の解説である。大井は、幻雲斎が先制攻撃を仕掛けたと考える根拠について、その直前に「(哲郎太を)見送る幻雲斎の面には、併し、微かにあやしい会心の笑みが泛かんでいた」というくだりがあることを指摘している。

しかしながら、この「あやしい会心の笑み」を、それ以前の両者の山での暮らしを綴る次なる箇所、「強いて云えば(幻雲斎の哲郎太に対する態度に)師の慈愛の如きものが、ふと乾いたその眼に耀く。すると流派の世襲を育くむ熱意で夢想の奥義を語るのである」(傍点引用者)と結びつけて考えるとどうであろうか。

五味自身は、この作品のテーマを「一人の男の自殺だが、切腹では面白くない。絶対、人に負けぬ剣客(の自殺)にした」(『私小説　芥川賞』)と記している。幻雲斎の行為を、作者の言のまま、自殺であるとするならば、かなりそれは特異なものであったろう。

そして私が前に引いた文章の傍点部に照らして考えれば、もし、幻雲斎が哲郎太を己が後継者として育てる決意をしたのであれば、それが成ったか成らぬかを見定めるチャンスは、唯一度、自分が守りの剣を放棄して哲郎太に斬られるしか、ないのではあるまいか。そしてもし斬られれば、それは成ったのである。結果、幻雲斎は、かつてないほどの歓喜とともに生を全うすることになる。

――特異な精神を持った男の自殺。

そう、五味は、一度紙の上で自殺でもしなければ、「売文を意識して」小説を書くことなどできなかったのではないのか。四、五日、上野の図書館へ行って剣道史料を調べ、技巧だけで書いた小説。そしていままで明らかにされていなかった友人の名前の借用書等々――。が、その自殺が同時に、豊臣秀次を、その妖剣ゆえに、死に追いやった――すなわち、その浪曼的思想によって多くの若者の美しき死を演出してしまった師、保田與重郎＝瀬名波幻雲斎をも紙の上で斬ることに通じていたとは、一体どういうことなのか。

私はこれが、五味康祐の、戦後新しい文学を切り拓いていくための「歌のわかれ」であったなら、どれだけ良いかと思う。が、そうであれば、「『喪神』が芥川賞候補になったのをしらされた時、実の処、目の前が真っ暗になった」（『私小説　芥川賞』）とはいわないだろう。『喪神』において師・保田與重郎を思わせる幻雲斎を斬った、ということは、五味自身、心の奥では毫《ごう》も思っていない、いや、考えたことすらない日本浪曼派からえせ民主主義への「転向」を記すことではなかったのか。五味には金が必要だった。食べていくための売文の徒となることが必要だった――そして、たとえ、それが嘘であるとしても師を葬り去る小説によって金を得た――。

が、その後に待っていたのは、一年間の沈黙と慚愧だった。恐らく、多武峯山中に隠棲した妖剣の使い手を、彼から伝授されてその弟子が斬る、というストーリーに託された苦悶を心やさしき師は察していたのではあるまいか。

五味は記している――「『書かずにいる自信の方が大切だ』と保田さんからも励まされていた」（『指さしていふ――妻へ――』）と。

が、結局、五味には書くしかなかったのだ。

神、長嶋茂雄と英霊たちへの鎮魂

ここで私に頼もしい助っ人が登場することになる。練馬区文化振興協会学芸員の山城千恵子さんである。

練馬区は、現在、五味康祐の所持していた文学資料や美術品、さらにはオーディオ機器やレコードコレクション等、さまざまな資料を管理・保存しており、定期的に資料の分類整理や公開を進めている。

ちなみに私がこの稿の執筆時住んでいた大泉学園町七丁目の、バス通り一つへだてた反対の通りに五味康祐邸はあった。いまでもこの通りは五味通りという通称で呼ばれている。

山城さんとは、平成二十一年九月に講演会三回シリーズ「練馬の文学発見」の第一回「五味康祐の時代小説の魅力」を私が担当したので、幾度かお目にかかってきたが、私は彼女ほど優れた学芸員を他に知らない。学芸員どころか、もはや、立派な五味康祐研究者の域に達している。凡百な評論家など足もとにも及ばないであろう。山城さんと出会えたことは私にとって幸運の一つであった。

実は彼女から『喪神』の夢想剣にとって重要な示唆があったのである。

それは「綜合文化」昭和二十三年六月号に掲載された座談会「文学における無意識の役割」である。出席者は、南博、矢内原伊作、野間宏、佐々木基一、花田清輝――つまり、五味が会計係をしていた〈夜の会〉のメンバーが参加しているのである。

山城さんはファックスに「現在、岡本太郎や花田清輝の『夜の会』（と五味）との関連について調べていますが、『夜の会』の発展形として『綜合文化協会』から出した昭和二十三年六月の『綜合文化』の座談会で、『文学における無意識の役割』という座談会があります。／五味はメンバーではありませんが、この頃は『夜の会』に関係し、岡本太郎や野間宏らと近しい位置にあったので、こうした論に、常に影響を受けていたと考えています。／条件反射に対する無条件反射、意識に対する無意識など、まさに『喪神』のテーマに近いものがあります」と記してきてくれた。

この座談会自体は非常に高踏的で、これをきちんと説明するならば、この章のすべては優に取られてしまう。そこで、もし、山城さんのいうように、こうした座談会等を通して得た、無意識や無条件反射といった科学的な事柄と付け焼刃の剣道の史料によって『喪神』がでっちあげられた（恐らく五味は、そう自分を批難したであろう）ものであるならば、確かにそれは、売らんがための、そして逆にいえば、魂を売文に売りわたした作品として、五味自身を苦しめたことだろう。

そしてさらにもう一つ。五味康祐は、昭和三十五年七月、角川書店刊の『八百長人生論』収録のエッセイ「一刀斎という男」の中で次のように記している。

私は「喪神」という作品で世に出る前に、貧乏な、ドン底の生活を送っていたが、私には、学生時分から仲のよかった二人の友人があった。今その二人が生きていたらどんなにすばらしいだろうかということを、僕自身、兵隊から帰って、たえず頭の中から離れなかった。その時期に、二人の消息をどうしても知りたいというので、この二人を主人公にした小説を書いた。これが「喪神」という作品で、いわゆる実在の人物を自分の作品の主人公にした最初だった。幸いこれが世に出て、この友人の行方がわかった。ということは、僕にとってみれば、本当にうれしかった。文学というものの効能を、当時の僕はその程度にしか考えていなかった。

何やらもっともらしくうそぶいているが、その消息が判ったとき、五味はとてもそんな気持ではなかったはずである。

何故なら、――いま、二人のうち、一人の名前のみ判っているが――五味は、旧友、松前六郎が死亡している、それも恐らくは戦死していることを知るからである。

『喪神』によって紙の上の自殺をすることで世に出、一年の沈黙の後、乞われるままに剣豪小説を書きはじめ、『柳生連也斎』において、伊東静雄との歌のわかれをした五味康祐――。

彼は、芥川賞受賞後の心境を「音楽が私を扶けてくれた。ベートーヴェンの後期の作品は、こういう時には役立つ。私は幾度も涙を流し、おのれの傲慢を愧《は》じ、神を見た。リルケが《神への方向》といったと同じ神を。音楽を聴けばこそ出来たことである」(『私小説　芥川賞』)と記している。

だが、五味康祐は、現実の世界で一人の神と出会うことになる。その神とは、長嶋茂雄であった。

五味康祐が長嶋茂雄のファンであることは、つとに有名であった。その口癖は、

大好きや。長島のすべてが好きや、日本に長島がいるかぎり日本は大丈夫や。

というようにほとんど意味を成さないほどの崇拝にまで至っている。

長嶋茂雄といえば、日本人の誰もが思い起こすのは、昭和三十四年六月二十五日の対阪神戦、それも天覧試合における同点で迎えた九回裏のサヨナラホームランであろう。しかもこの一打は、昭和天皇が席を立って帰ろうとした五分前に放たれたものである。

ちょうど都合のよいことに、ここに、長嶋茂雄と日本プロフェッショナル野球組織コミッショナー、加藤良三との対談「長嶋茂雄『天覧試合』あの四打席を語る・50年目の証言」が掲載された「文藝春秋」の平成二十一年十二月号がある。

二人の対談によれば、二回表まで両チームとも三者凡退の後、長嶋が打席に登場、小山正明投

手から三遊間を抜くヒットを奪うも、後続が打ち取られて得点には結びつかない。それどころか、その小山のタイムリーヒットにより、三回表、阪神が先制してしまう。

そして五回裏、カウント一―一から長嶋が同点ホーマーを放つ。その長嶋は、当時の応援はさやかなもので、天覧試合は、鉦、太鼓は禁止、「なんとも言えないすごい雰囲気」で、

いつもの試合より静かというか、お客さんも緊張して見ていたのではないですか。だからファンが一投一打に息を呑み、ため息をつくのが、プレーしているぼくたちにも普段の試合以上に伝わってくる。ピリピリしているファンとの一体感でしたね。

と、語っている。

恐らく水を打ったような静けさとは、こういうようなことをいうのではないのか。

さらに、巨人が二対一と逆転して迎えた六回表、今度は阪神の猛打が続き、二対四と再び逆転されてしまう。そして七回裏、王貞治のツーランで試合は同点に――。これで四対四。そこに長嶋が登場する。対するピッチャーは村山実だ。そして長嶋は、カウント二―二から左翼席に見事なサヨナラホームランを放つ。

再び長嶋のことばを借りれば、村山は「オトコ村山」と呼ばれ、自分は「燃える男」と呼ばれていたし、もうそこには「技でどうこうしようなんて、どちらも考えない」。そしてさらに長嶋は、

両軍選手が緊張し、球場全体に緊張感が張り詰め、プレッシャーがどっと押し寄せてくると、よし、いらっしゃい、という気になる。緊張しきったあげくに、そういう心境になるんですね。

とも、

ええ。あれだけの試合は、もう一回やれといわれても、もうできない（笑）。

とも語っている。

何故、ここまで長嶋の天覧試合のことを書くのかというと、それには理由がある。五味は、時代小説ばかりでなく現代小説も手がけているが、その一篇に『一刀斎は背番号6』という特異な作品がある。

ごく簡単に粗筋を記せば、奈良県の山里から降りてきた伊藤一刀斎の末裔が巨人軍に入団、八双の構えでホームランを次々と放ち、最後には、大リーガーの投げた豪速球を眼隠しをした心眼で打ってしまう、というストーリーである。

そして、私が五味康祐の作品を読みはじめた頃、このコントともいえる短篇は、あの長嶋のサヨナラホームランをヒントにして書かれたものだ、と思っていた。だが、これは私の軽率な判断であった。五味が長嶋ファンであるという先入観が頭の中にあり、何故、長嶋ファンになったのか、という思考が完全に抜けていたのである。

そこで五味康祐の年譜を調べてみると、『一刀斎は背番号6』が発表されたのは、「小説公園」の昭和三十年六月号であり、長嶋のサヨナラホームランは、その四年後の昭和三十四年、つまり、小説の方が先だった。

私は愕然とした――いや、それより何よりも、書いた五味自身がもっと驚いたに違いない。五味が書いたのは、天覧試合ではない。だが、それと同様に、いや、或いはそれ以上に大きな意味を持ったかもしれぬ、日米試合である。そしてラストで一刀斎が放ったホームランは「観衆の敬虔な祈りに充ちた空を、はるかに左翼へ消え」ていったのである。

『一刀斎は背番号6』の作品発表時、五味の意図を正確に把握していた読者がどれだけいたか、というと、それは哀しい話になるだろう。この作品は、昭和三十四年、大映で映画化されている。私はこの映画がビデオ化された際、ようやく観る機会を得たが、監督が〈狸御殿〉もので知られる木村恵吾、主演がほとんど現代劇専門といってもいい菅原謙二で、およそ原作の持ち味を活かしていないコメディ映画の凡打であった。

では、『一刀斎は背番号6』にこめられていた意図とは何か、といえば、奥野健男は、後年、次のようにいっている。すなわち、

――ぼくは昭和三十年の「一刀斎は背番号6」に代表される、野球をはじめとする戦後世界

への、戦中世代の積極的な斬り込みとよろこびが痛快であった。日本古来の剣士が目をかくして、日米野球で大ホームランをうつ。ここに五味さんのナショナリズムと、戦後現代に遊ぶ自由人性があらわれている。（「かなしき無頼派」）

そしてさらに「観衆の敬虔な祈り」（傍点引用者）とともに左翼に消えてゆく一刀斎のホームランは、太平洋戦争で死んだ英霊たちへの鎮魂ではないか、という批評がようやく出てくるようになる。これは決して過大な評価ではない。作品をつぶさに読めば、まず冒頭に、

作者曰――

ぼく小智小見にて未だ史実の正鵠《せいこく》を糾すを知らず。斯界の善言善行の湮れたるを恨み思える事もふかかるべし。ここを以てか発表を止めなんも、はた宜しき也。しかはあれど、捨て措かんも本意《ほい》にあらぬ心地して、読書子を慰め、後士を善にすすめんためにかくは板行し、世の誹り人の嘲りを受く、後人あわれみあらば添削を仰がん。

――昭和乙《きのと》未《ひつじ》歳四月　康祐識。

という痛ましいまでのことばが掲げられている。さらに、作中、一刀斎が登場して、大リーガーに勝たねばならぬ必然としては、少々、長くなるが、次のように記されているのだ。

一刀斎が稀有のペースで本塁打を打ちつづけた頃、巨人選手の間に、「一刀斎は毎朝、教育勅語を奉読する」という噂が立った。小学児童に「修身」を必修科目とするか否かで、兎角の議論が識者の間に交されていた折だから、小学生に絶大の人気のある一刀斎のこの噂は、当然大きな社会問題をなげた。各紙の社会部記者は一斉に彼にインタービューしてこの噂の真偽をただした。すると一刀斎はこういうことを言った。

「――自分は、一刀流相伝の者として山岡鉄舟先生を尊敬している、だから、鉄舟先生が唱えられた『我が武士道』を拝唱して、日々修業の資としているだけで、別に含むところはない。強いて云えば、柳生流に勝った欣びを味わっている位のものです」そんな意味のことを言った。

殆んどの記者には、この意味が分らない。併し、後になって理解すると由々しい問題が含まれている。それで俄然、「敗戦は一刀流の所為か?」と騒ぎ出したというのが、逸話の内容なのである。

記者同様、意味の分らぬ人のために簡単に説明すれば――

教育勅語の文案の基底になっているのは山岡鉄舟の「武士道講話」で、甚だしいところになると、武士道講話が殆んどその儘《まま》使われている。例えば、

「謹んで惟《おもん》みるに、我が皇祖皇宗、国をしろし召され、その御徳を樹《た》て給うこと甚だ深遠である。……爾来、億兆心を一にして、世々其の美を済《な》し、死すとも二心なる可からず。是れ我が国体の精華にして日本武士道の淵源また実に玆《ここ》に存す」

「日本武士道」を「教育」と書き直せば、その儘文意は「教育勅語」になる。巨人選手が聞き違えたのも当然だったわけである。

ところで、大東亜戦争に突入した日本人の、当時の精神的背骨は「教育勅語」だった。われわれは鉄舟の「武士道」を信奉してあの戦争を行為したわけになる。

「敗戦は一刀流の所為か」という一見無謀な問いかけも、さして不自然でない事が分る。

日本が戦後復興を遂げつつある中、五味は日本浪曼派の末裔たらんと欲すれば欲するほど時代に取り残されていかざるを得ない。だが彼は見たのである。自分が描いた遊戯化されたナショナリズムを颯爽と実現してのけた男を——。

それが長嶋茂雄であった。

そして長嶋は、後年、昭和四十一年のオフに行われた全日本対ドジャースの天覧試合においても、ホームランを打つのである。

もはや、長嶋は、五味にとって現実の神以外の何者でもなかったであろう。

後に『一刀斎は背番号6』は、長篇『小説 長島茂雄』(「別冊小説新潮」昭和五十二年冬号～秋号 後にカッパノベルスにて刊)の一部に組み込まれるが、その中で五味は天覧試合でサヨナラホームランを飛ばした長嶋のことを「まぎれもなく、ここに一人の日本の青年がいる、とわたくしには思える。よかれあしかれ長島茂雄を育てたのは日本の農家の風土だった」といい、ある識者の意見として「要するに彼はね、根っからの日本人なんだ。(中略)ボクらの日本人気質といったもの——精神主義ですか、それをプレーに最も見事に昇華させてくれたのが長島だったと、ボクは思うんですよ。（中略）彼こそは昭和の戦後が生んだ《英雄》じゃない、日本人そのものの象徴なんですよ」と記しているが、これが五味の思いでなければなんであろうか。

さらに五味は、長嶋の引退試合を「天までが不世出の英雄への華麗な演出をし給うたのだ」とまで記し、作品からは異様なまでの感動が読者の胸に伝わってくる。

神に特別席を用意された男の堂々たる人生と、己れの信じる文学の神にそむいた背徳者のそれはあまりにかけはなれている。

そして五味は、物語のラストで、長嶋の引退を惜しみ、フェンスを摑んで泣きくずれる名もなき男の姿を用意している。私はいいたい、五味よ、あの男が、あなたの化身でなくて、一体、誰なのかと。

剣豪小説の才能

さて、ここで、話を再び、『柳生連也斎』で大評判を取った後の五味に戻そう。奇しくも、この作品は、『一刀斎は背番号6』と同年に書かれている。

そして、いよいよ翌昭和三十一年、「週刊新潮」の創刊とともに、五味康祐の代表作である『柳生武芸帳』の三年間にわたる連載が開始されることになる。「週刊新潮」の誌面や連載小説を実質的に決めていた斎藤十一による大抜擢である。

昭和三十一年といえば、
後ではない」と記した年で
った。それはひとえに自分
戦後すぐ、日本浪曼派に
作家、杉浦明平は『暗い

だからわれわれは自分たちの力、自分たちの手で大は保田とか浅野とか
えの公娼を始め、それらで笑を売っている雑魚どもをも捕え、それぞれ正しく裁き、しかして或ものは他の分野におけるミリタリストや国民の敵たちと一緒に宮城前の松の木の一本々々に吊し柿のように吊してやる。

これを読んだ時、いや私は五味の心の平穏からいえば、読まなかったことを望んでいるが、彼の心はどれほど痛ましく引き裂かれたことであろうか、と思わざるを得ない。

そして、日本浪曼派に対する客観的な位置づけは、先の杉浦明平の文章を冒頭で引用しつつ、皮肉にも五味を、日本浪曼派の〝右翼的・通俗的後継者〟である、と断じた橋川文三の『日本浪曼派批判序説』（昭和三十五年二月、未來社刊）まで、ほぼなかった、といってもいい。

これらのことどもを踏まえて、五味康祐が自分の中の純粋なものを売ってしまったと考えていた『柳生連也斎』を「こんな小説書きよってなんか、言われたら、わしは慚愧に耐えん――」と

いい、一方で、コントもしくはパロディといえども、自分の本心を託した『一刀斎は背番号6』について、「自分で書いたもので、いちばん好きだというのは一刀斎ですわ――」と断言したことを考えれば、その精神の位置は明らかであろう。

ここで、私が鎌倉の斎藤十一宅を訪れた時のことを記せば、私の「五味はどうして剣豪小説を書くようになったのですか」という問いに対し、

「五味に剣豪小説の才能があると思ったのは私だ。私が書かせたのだよ」

といったきり答えてくれない。

ここで斎藤がいっている剣豪小説を、芥川賞受賞作である『喪神』までをも含める、とするならば、五味が斎藤に渡し、没になったにもかかわらず、原稿料をもらった作品の中に、剣豪を主人公にした作品や、もしくは歴史に材を得た作品があった、ということなのか。

一体、何をもって斎藤は、かかる才能を見抜いたのか――。

斎藤は何やらあらぬ方向を、それも遠くを見ているようで、もはや、だんまりを決めこんでいる。斎藤こそ、何やら、一見、スキを見せているように装って、こちらが油断して間合に入ると一刀両断にしてしまう剣豪のようで、うっかりことばを継げないような状況ができあがってしまったのである。

とまれ、『柳生武芸帳』のこと――。

この長篇は、「週刊新潮」誌上に昭和三十一年二月から三十三年十二月まで連載が続けられ、単行本にして全七巻。遂に完結しないまま、時代小説史上に偉容を誇る作品になった。その理由としては、挿話が挿話を呼び、収拾がつかなくなったからだといわれているが、本当の理由は分からない。

作品の冒頭は、正保四年十一月、島原の乱での責任を取って、自決することになる唐津藩主、寺沢堅高の評定の場において、兵法者、山田浮月斎が、将軍家兵法指南役であり、また大目付でもある柳生の本体は「忍びじゃ」と看破する場面である。しかしながら、物語は、この冒頭部に戻ることなく未完となってしまっているのだ。

では、そも武芸帳とは何か、と問われれば、それは三巻から成り、それぞれ、柳生流相伝の連名状、江戸から大和柳生までの絵図面、柳生流極意の構えと人名が記されており、柳生家江戸屋敷、九州は鍋島藩、朝廷内の藪《やぶ》左《さ》中将嗣長のもとにある。だが、この三巻をそろえると、後水尾天皇の皇子暗殺の謎がとけるという。武芸帳が、禁中の平和、幕府の安泰、そして柳生一門の命運を左右するという理由はここにある。

この三巻をめぐって凄まじい争奪戦を展開するのが、柳生宗矩《むねのり》以下、その息子、十兵衛、友矩、又十郎、さらには尾張柳生の兵庫介、そして、宗矩と対立し、霞の忍者、多三郎と千四郎兄弟を操る山田浮月斎、さらに御家再興を願う竜造寺家の遺児、夕姫。そしてこれに、大久保彦左衛門や松平伊豆守らが絡む。それだけではない、主要登場人物は優に数十名を超えているのだ。前述の挿話が挿話を呼び、未完となったというのは、これらの作中人物が時間軸を無視し、作品の現在時ばかりか、過去の回想の中においても跳梁し、遂にはストーリーの要約を不可能たらしめている、ということに依っている、という意見もある。

そこで、次のような伝説が生まれた。

それは、東宝が、稲垣浩監督による、「柳生武芸帳」「柳生武芸帳・双龍秘劔」二部作（昭和三十二年〜三十三年）を封切った際、試写室を訪れた五味康祐が、「なるほど『柳生武芸帳』とは、こういう筋であったのか」と言ったというものである。

この原作者のことばは、映画化作品がいかに手際よく、複雑なストーリーをまとめていたか、という例に、しばしば引き合いに出されることになった。

だが、この説を否定した人物がいる。

それは、戦後伝奇小説の鬼才、山田風太郎である。

私が山田のお宅を訪れた時、談、時代小説の映画化のことに及び、山田は自分の作品の映画化で満足のいくものは数えるほどしかない、といった上で、前述の五味康祐の言を引き合いに出し、

「君、あれは逆説だよ」

といったのだ。

その一言を聞いた時、私は正に、目からウロコが落ちた思いがした。成程、そうに違いない。原作の伝奇的趣向を借りた武芸帳争奪戦の中に、霞の忍者、多三郎（三船敏郎）、千四郎（鶴田浩二）と、夕姫（久我美子）らが繰り広げるメロドラマ的要素を主眼としたチャンバラ映画をどうして五味が首肯したであろうか。

とすれば、「なるほど『柳生武芸帳』とは――」にはじまる一言は、自分の原作と甚しくかけはなれてしまった映画化作品に対する五味の違和感の表明となるではないか。

ところで、『柳生武芸帳』は東映でも映画化されており、こちらは、近衛十四郎演じる十兵衛を主役とし、原作のストーリーをいったん解体した上で物語をつくっており、昭和三十六年から三十八年にかけて七本が封切られている。近衛が東映で十兵衛を演じた作品は九本あり、しばしば、「柳生一番勝負・無頼の谷」と「十兵衛暗殺剣」もシリーズのうちと誤記される場合が多い。だが、前者は原作五味康祐と記されていないオリジナルであり、後者は、紙屋五平原作である。ただ、十兵衛のキャラクターがシリーズと同じもの、ないしはその延長線上にある、ということにすぎない。

そして、前述の五味の東宝作品に対する一言が誤解されて伝わったためか、十兵衛を主人公にした原作とは別ものの武芸帳なぞ、五味が観たわけがない、といった話が、誠しやかに喧伝されていった。

ところが、東映作品の脚本を手がけた高田宏治の回想により、五味はちゃんと試写室を訪れ、映画版のよかったところや、忍者の装束について、さまざまな指摘や助言をしていた、ということが分かった。

そして、映画化作品の中で最も優れているものを一本挙げれば、前述の高田宏治が脚本を書いた第六作「柳生武芸帳・剣豪乱れ雲」（監督・内出好吉、昭和三十八年）であろう。まがりなりにも、後水尾天皇の皇子暗殺をメイン・プロットに据え、山田浮月斎が武芸帳を入手し、天下の秘事に加わっていたことを示して柳生と同等の地位を手に入れようとする、というストーリーである。原作の武芸帳に名前を記された剣士も登場、さらには、原作にある〝寒夜ニ聞〟霜ノ太刀〟や、〝一葉浮水の構え〟が映像を彩る秘剣として一閃し、最後は、無刀取りに独自の解釈を施して幕となる、見せ場たっぷりの力作である。

が、東映作品に好意的であったとしても、やはり五味はこう思ったのではあるまいか。

「確かに良くできている。そしておれの小説を良く勉強し、咀嚼している。だが、映像ではここまでが限界だろう。何しろ、おれは目に見えないものをテーマとしているのだから」と。

『柳生武芸帳』の「目に見えないテーマ」

では、そのテーマとは何か?

それを明らかにする前に、『柳生武芸帳』の極めて一般的な評価を記しておくと次のようになる。

すなわち、柳生をはじめて「柳生旅日記」ふうの講談的世界から解放、戦後的状況の中で、これを政治的隠密集団であると規定、さらに、特定の主人公を置かず、集団の抗争の中に組織と人間、政治の非情さ、剣の美学や、優れた剣士ほど早く死ぬといった逆説等々のテーマを集約。それらが独自の漢文脈とエロティシズムを駆使した文体によって綴られていく、といった評価である。

が、これはあくまでも表面的な評価でしかない。

『柳生武芸帳』の連載より少し遅れて、「週刊新潮」にはもう一本、戦後時代小説の金字塔である、柴田錬三郎の『眠狂四郎無頼控』が連載される（これも斎藤十一の抜擢による）が、二作を並行して読んだ奥野健男は、

ぼくには柴田錬三郎のアカ抜けしたニヒリズムの「眠狂四郎」シリーズより、まるで戦争中の陰湿なスパイ活動、中野学校を思わせる忍者的『武藝帳』シリーズに、嫌悪を感じつつ、親近とも言える執着をおぼえていたのだ。自分をくの一の女に変えても、一生孤独でも、忍法に仕える不気味な集団の中に、日本を感じていたのかも知れない。（「かなしき無頼派」）

といい、同じ文章の中で、『喪神』による臆病ゆえの秘剣は、「これは作者の戦場体験に裏打ちされている。敵を討つより、身を守る本能だ」とも、「戦後二十五年後、南の孤島で誠実に使命を守っていた小野田少尉の出現は、まさに五味康祐の『柳生武藝帳』の勝利であった」とも、記している。

さらに、「オール讀物」昭和五十五年六月号に掲載された追悼文「戦後文学の一つの碑」の中で、「五味康祐氏が逝った。なんということか。あの戦後時代小説の名作『柳生武芸帳』、いまだ未完了であるのに」と嘆息した秋山駿は、

われわれが、この『柳生武芸帳』において識らず出会っているのは、決闘する二人の兵法者の心の用意や在り方をめぐって、作者が見事に展開する、剣とか、死生ということについての日本的な心性のくささである。その豊富複雑な陰影である。

と、記している。

そしてこれらの文章の意味するものを突きつめていかねば、『柳生武芸帳』の本質を見極めることはできないのではないだろうか。

『柳生武芸帳』は間違いなく剣豪小説、もしくは忍術者の登場する伝奇小説の系譜から生じた作品である。しかし、そうした事情にもかかわらず、五味は、前述の二者が記した〝日本〟的なもの、或いは、武士の心ばえといったものを、数々ある絶妙の剣戟場面の中に託している。

たとえば、仙洞御所内における柳生十兵衛と霞の多三郎との対決などは、その筆頭に挙げられるべきものだろう。

だが私はその対決の後に綴られる、武芸帳を得んがために藪左中将嗣長卿の邸に赴いた、柳生友矩・又十郎兄弟が、たった一首の歌が返せぬために、その正体を見破られる箇所に五味の——いや、日本浪曼派の末裔としての神髄を見るのである。

その場面は次のように綴られている。

烏帽子を冠し、狩衣《かりぎぬ》に指貫《さしぬき》を著け、蝙蝠《こうもり》を手にして如何にも公卿らしくよそおっても、ただ一つ、武士の身につかぬものがある。《雅び《みや》》である。（中略）悲しいかな、又十郎は武士である。歯をえぐり鉄漿黒《かねぐろ》の義歯をはめてみても、武士の悴《せがれ》にみやびやかな歌は読めぬ。刀術神の如しと称された柳生宗矩《むねのり》の、これはただ一つの誤算ではなかったか。乱世に武事は一切を支配する。ひとたび泰平の世となれば政略が之《これ》にかわる。だが所詮、むくつけき武人に奢侈《しゃし》に生きた公卿たちの歌は詠《なが》め得ない。古来武人が武によって天下を制覇し、優弱な芸文に雄気《おとこさび》を侵蝕されてゆく時に見られるのと同じあの敗北が、この時、柳生宗矩の上にもあらわれたと友矩には見えたのである。

だが本当にそうなのか。

武士は死に際して辞世を詠まねばならぬはずであるし、ここで、柳生の息たちに突きつけられた歌、

咲そむるはつ花桜なへてよの人にふるさぬ色をみせはや

は、決してむずかしい歌ではない。

にもかかわらず、五味は、武士にこの歌は返せない、と記した、ということになる。

何故か——と問われれば、こういわざるを得ない。

五味が『柳生武芸帳』を通して描こうとしたもの——それは禁裏を中心に発せられる〈雅び〉

と武事を支える柳生ら武士の〈武〉という美意識、もしくは価値観の争闘に他ならない。

こうした〈雅び〉と〈武〉の対立というテーマは、その後、一連の隆慶一郎や安部龍太郎の諸作、そして葉室麟の『いのちなりけり』『花や散るらん』等によって描かれているが、当時は画期的であったといっていい。五味康祐の師である保田與重郎が、

かういふ歴史の見方をした人を、過去に知らないといふを悟つた。(「好来好去」)


と記したのもむべなるかな。

五味のテーマが、目に見えないものである、と書いたのは、こういう意味においてであり、剣士同士の対決等が、前述の〈雅び〉や〈武〉、或いは〈もののふのこころ栄え〉〈風流〉といった実体のないものを瞬時にして顕現させるのである。

そして、その実体のないものをかたちにしたのが、三巻の武芸帳であることは言を俟たない。従って先に記したように武芸帳をめぐる謎は用意されているものの、問題なのは、その武芸帳によって、〈雅び〉と〈武〉にわたる人々のいかなる心栄えが用意されているのか、ということになってくる。

さらに争闘を行う相手は敵とは限らず、味方同士でも行われる。つまり、武芸帳をもって何事かを画策しようとする柳生宗矩こそは、その実体のないもの＝人々の心栄えを測る一種のバロメーターであり、そのことは、宗矩が門下の剣客を斃しながら「――生死の場に臨んで新九郎同様、

とっさに一切を見抜いてくれるかどうか……。わしが剣を把って教え、柳生流兵法の何たるかを仕込んだその成果は、これから正に現われようとする」ということばに端的に示されていよう。

遊戯化されたナショナリズム――それこそ、日本浪曼派に青春を捧げた五味康祐がこの作品の核に据えたものであり、彼と戦後社会との違和感であった。そして剣豪小説で、〈武〉と〈武〉の戦はいままで多くあったが、皇室をその一方の柱に据えた作品はなかったといっていい。が、皮肉にも、こうした構成は、五味が日本浪曼派に対する思いをひきずり続け、また、皇室が大衆にひらかれたものになりつつあった、という現実を踏まえてこそ成立したものであろう。そしてさらにいえば、表向きは、将軍家の兵法指南、かつ、大目付でありながら、裏にまわって暗殺剣をふるうという柳生一門の二律背反は、そのまま、五味の屈折した心情を投影してはいないだろうか。

確かに、この作品は未完であり、ストーリーの面でもさまざまな謎を残している。初刊本（『柳生武芸帳・巻之七』昭和三十四年六月、新潮社刊）の〝あとがき〟に記された「小説の上では、寛永十二年から約二年間を経たにすぎず、柳生但馬守、十兵衛父子の死去する正保三年から慶安にかけての諸家の動きを描かねば、小説としての結構はととのいませんので」ということばを受ければ、柳生但馬守と山田浮月斎が何故に反目し合っているのか、但馬守は己れの命取りになりかねない武芸帳を何故残し、これを何のために用いようとしているのか、俄かに分かりにくい事柄が多々あるといわざるを得ない。それが、果たして慶安までの時代相の中に書き切れるものであるか否か――。

但し、前述の如く、但馬守が門人を斬りはじめた時点――いや、もっと早くからかもしれないが――から作品の構成は破綻している。が、作品は未完であったとしても、五味の抱えるテーマを出し切ったという点では、この長篇は充分、その役目を成し終えた、という奇妙な結果となっているのである。

『柳生武芸帳』が、昭和四十五年四月、番町書房刊の『カラー版日本伝奇名作全集12　柳生武芸帳（全）　五味康祐』として大部の一巻本となって刊行された際、巻末には山田宗睦との「対談・映像でとらえた剣客たち」が収められている。その時の山田の、

> あの「柳生武芸帳」のなかの世界の構造は、私、日本浪曼派が追求していたものが、戦後という条件のなかで、もう一回生かされて出てきたんじゃないかと、前から思っていたんですけれどもね。

という評言に出会って、五味は苦しい自己韜晦の殻を破って、一瞬だけ素顔をさらけ出している。五味は次のように答えた。

> それはえらい好意的な見方ですね。（傍点引用者）

この時、五味の面貌には、幾分の含羞を含んだ微笑がたたえられてはいなかっただろうか。

いま試みに、師、保田與重郎の代表作である『日本の橋』を繙《ひもと》いてみるがいい。この橋を単なる人工の企てではなく、一種の風景論の中に、日本人独自の美意識や無常観を浮かび上がらせる仕掛けとしてとらえた名著と、『柳生武芸帳』の中に、いかに共通する地名や風懐の多いことか。両書は明らかに通底し合っており、柳生宗矩と山田浮月斎両党が凄絶な対決をし、双方、深手を負う〝宇治橋〟における場面などどうであろうか。『柳生武芸帳』には、橋上での対決が多く、その場合、剣客同士は、勝敗が決まることなく、引き分けていることが多い。眼目は、勝ち負けではなく、あくまでも剣を使う者の心栄えなのである。

『薄桜記』に描かれた妻への贖罪

ここで再び、斎藤十一邸の客間に戻る。

私は、五味の苦痛や含羞は、己れの心のあり方を武芸帳の争奪戦という〝遊び〟を通してしか開陳できなかった点にあるのですね、と確認をとろうとしたとき、大事なことを聞くのを忘れていたことを思い出した。ここまで、たびたび触れた五味の私小説『指さしていふ――妻へ――』のラストの場面についてである。

私が氏が当然答えてくれると思って、無防備に「あの作品の結末はどういうことなのでしょうか？」と尋ねた瞬間、斎藤氏の形相は一変した。

「あれは五味が悪い！」

凄まじいまでの大喝であった――。

いま私は「大喝」と記したが、斎藤は大声を出したわけではない。にもかかわらず、そうとしかいいようがない、それがこちらの肚にずんとこたえる、つまり、このことについて触れる奴は、五味以外でも許さん、という一歩も譲らぬ意志表明であったからに他ならない。

先に言及した『指さしていふ――妻へ――』は、五味と千鶴子夫人との純愛を描いた作品とはいえぬ側面を持っているのだ。いや、これも屈折した純愛といえるのだろうか――。

作品の後半、五味は〝左枝子〟という作家志望の娘と関係を持つ。そして、その愛情がかりそめのものではないしるしに、芥川賞でもらった時計を彼女に渡してしまう。

こうした女性に関する放蕩ぶりは、前述の自伝的作品「天皇陛下ばんざい」にもかなり詳しく記されている。

そして、カンヅメになる予定の山の上ホテルに戻るが、眠れず、原稿も書けず、家に帰ると、妻が、かつての同人誌仲間である由谷とともに寝ている光景に出喰わす。『指さしていふ――妻へ――』の冒頭からすぐのところで、五味は、なれそめの頃、千鶴子夫人が由谷に好意を持っているらしい、と記している。

そして不貞の現場を前にして、五味は、こう続けている。

> 由谷が求めたのに違いないし、貴女は、力の限り拒んだにきまっている。由谷はまだ独身をまもっていた。あなたは、私に嫁ぐ前日、日記に、

「私は五味と結婚する。Y（由谷のことであろう、引用者注記）がこの地上の何処かにいてくれると思い浮べるだけで、私は幸福だから」

と書いた。

誰が悪いのでもないのだ。

肚の底から私は由谷を憎むが、由谷の行為と、左枝子さんを抱いた私にどれだけ違いがあろうか。

私は、由谷を憎むべきではなかったのだろう。

が、憎悪は消えない。何としても消えない。

疲れた。今更どう言ってみてもはじまらぬことだ。

由谷は、

「五味、殺すか？」

と言った。

私はただ睨み据えた。「殺せないのなら、千鶴子さんを僕に呉れないか」と由谷は言った。

あなたは「嫌です。絶対いやです」と首をふるかと思ったら頤《あご》で胸をなずって項垂《うなだ》れるだけだった。

「僕達夫婦が今後どうするかは、これから考える。兎に角、帰って呉れ」

私は車賃を抓《つま》んでせき立てた。

据った眼で彼は凝乎《じっ》と私を睨みあげていたが、

「五味、お前は、剣豪などといい気になっていては駄目だぞ」

「余計なお世話だ」

私は、はじめて嚇怒《かくど》し、渾身の力をこめて足蹴にした。

ちず子よ。

もう止そうなあ。書いてみたって仕方がないことだ。

私達はあんなに仲の良い夫婦で通した。私はあなたに苦労をかけとおした。ようやく、私は世に出た。誰が悪かったのでもなかった、と今も私は思う。

この一月八日、あなたは独り、尼崎へ帰って行った。あなたがあんなに愉しみにしていた大泉の新居に、一人きりで私は今移り住んでいる。


そして作品の結末は書かずもがなの、露悪的と思える文章でしめくくられているのだ。


最後に、私は何事も今更言う言葉がないが、ただこれだけは言っておきたい。

世間の離婚夫婦はどうか知らぬ。私の場合は、如何に離婚しても一つの責任だけは自分に残っている気がする。あらわな言葉で云えばそれはあなたの肉体に教えた性の喜びへの、責任だ。

夫婦が別れて他人となろうと、私に教えられたよろこびの記憶は、あくまであなたの体内に残ってゆくだろう。あなたが再婚せぬ限り、満たされることのない渇望とその懊悩を、私の方の責任と世間では云わぬのだろうか。あなたと別れたが、この点だけは、気がかりでならぬのだ。

では斎藤は何をもって、五味が悪いと形相を変えたのであろうか。

さまざま考えられるが、まずはじめに、五味がありもしないことを書いた、次に、本当のことではあるが、書くべきことではないことを書いた、さらには、五味が私小説を書く上で、そうなるように千鶴子夫人をしむけた等々、答えは幾つも浮かんで来る。

だが、この場面で確かなのは、由谷が五味に投げつけた「五味、お前は、剣豪などといい気になっていては駄目だぞ」ということばのみであろう。五味が流行作家となっていく中で、旧知の友から、かかることばを幾度も投げつけられたであろうことは想像にかたくない。だが、その他の場面の真偽はどうかといえば、斎藤は貝のように口を閉ざしたまま、だんまりを決めこんでいる。

斎藤の口からは絶対、真相を聞くことはできないだろう、と私は思った。

当初は純文学畑の鬼編集長であり、さらには五味や柴田錬三郎を育て、まだ池波正太郎が気鋭であった頃、「週刊新潮」に連載中であった『忍者丹波大介』を、駄目だといって数カ月で連載を打ち切り、残りを書き下ろさせた――私の前にいて口を固く結んでいるのは、そうした伝説の編集者ではないか。

そして、これは後日のことになるが、斎藤は自分の死ぬ日を自分で決めたようにしか思えない節がある。偶然といえば確かにそうなのだろうが……。

斎藤の最後の仕事は、初の写真週刊誌「ＦＯＣＵＳ」の立ち上げだった。同誌が休刊となる前の年、氏は土曜夜十時のＴＢＳのニュースショーにＶＴＲで出演した。私はその番組を見ていて、「なぜ写真週刊誌を創刊したのですか」という問いに「人殺しの顔を見たくないやつはいないだろう」と答える元気な姿を見て、お宅へうかがった時のことを思いだしていた。

だが氏は、この放送のあった翌日、倒れるのだ。ＴＶに映し出された自分の顔を見て、「老醜だ」と一言いい、翌朝起きて、顔を洗い歯を磨き、茶を飲んでいるときに倒れ、数日後、帰らぬ人となったという。

恐らく偶然であったのだと思う。が、自分の姿を老醜だといい、まるで己れの生に見切りをつけたように死ぬことのできた男——そういう人が絶対にしゃべらないと決意しているのだから、もう聞きようがない。

しかし、ここに不思議なことがひとつある。

その不思議とは、『指さしていふ——妻へ——』を発表してから二年後の昭和三十三年七月から三十四年四月にかけて「産経新聞」夕刊に連載された長篇『薄桜記』のことである。

この作品は映画化され、市川雷蔵の代表作となっているので、こちらを御覧の方も多いと思う。一言でいえば「忠臣蔵外伝」であり、主人公丹下典膳（市川雷蔵）は、公儀御用で旅立った留守のあいだに、彼を逆恨みする侍たちに最愛の妻を犯され、理由を明かさず実家へ戻したため、怒った義兄から片腕を斬り落とされてしまう。そして、ラストは傷ついた典膳が男たちに戸板に乗せて運び出される。典膳は鉄砲で撃たれ、立つことができない。それでも雪中、転がりながら相手を斬り、これも鉄砲で撃たれた妻とともに死を迎える。物語は、高田馬場の決闘以来、典膳と奇しき因縁で結ばれた堀部安兵衛（勝新太郎）が、吉良邸へ行く途中で、この夫婦のことを回想する形式がとられている。

監督・森一生、そして脚本は巨匠・伊藤大輔である。これは余談だが、当時、雷蔵と同期デビューながら、まだ座頭市がつくられておらず、作品に恵まれずにスターとして大きくリードされてしまった勝は、伊藤のところへ行き、「典膳と安兵衛とどちらが主演ですか」と問うたという。が、さすがは巨匠、「上手に演じた方が主役だよ」と勝を煙にまいてしまったという話が残っている。

特にラストの凄絶美はいまでも語り草になるほどで、傷つけながらも愛を貫く一組の誇り高き武士夫婦の姿は、いつまでも瞼から離れない。

だが、原作は映画のようなストーリーの整合性はとれていない。だいいち、主人公のネーミングからして、林不忘の丹下左膳と、大佛次郎の創造したところの鞍馬天狗の偽名のひとつ、倉田典膳を合わせてつくったもので、五味は新聞連載開始前に、「隻手の遣い手だったことから、名をもじって丹下左膳などと無頼の徒のモデルにされてしまったが」などと、ぬけぬけと書いているのだ。そして原作のラスト近くでは、さまざまな転変の果て、吉良方の付け人となっている典膳を、討ち入り直前、策を用いて谷中の七面社境内に呼び出し、安兵衛がこれを討ち取る、というストーリーになっている。しかし、典膳が付け人となったのには、或る思惑があり、その真意を知っている白竿屋長兵衛が、「ば、馬鹿な……誰がいってえ偉えんだ。……誰が赤穂浪士に本当に尽くしたんだ。吉良の付け人にまでなって……分らねえ、わっちにゃ、お侍のすることは分らねえ……なあお三、な、泣くんじゃあねえよ……」といって終わりとなる。

五味は短篇『雪の刺客』や『一刀斎忠臣蔵異聞』でも、割合、赤穂浪士には批判的であり、彼らより、剣客のパロディのような名前を持った典膳の方がより高い誇りを持って生き、死んで行ったという逆説を描こうとしたのではないか、ということは分かる。

が、奇っ怪なのは、小説の冒頭である。丹下典膳が公儀御用から帰ると、妻は上杉家の臣、瀬川三之丞と実際に不義を犯していたのである。が、典膳は妻に「死ぬではないぞ」といった上で、

　わしに思うこともある。以後この話は無しじゃ。よいか、如何ようの処置をわしが取ろうと、そなたは黙ってする儘に従っていてくれよ。よいか、死ぬことだけはならん。

と、理由を明らかにせずに妻を実家に戻し、義兄に片腕を斬り落とされるのである。

これは、剣豪小説の冒頭としては、かなり奇異な発端といわねばなるまい。不義の相手が上杉家の侍だという伏線はあるものの、何故、典膳は妻の不義を許し、かてて加えて義兄に片腕を斬り落とされても耐えるのか——。

理由は一つしか考えられない。

『指さしていふ――妻へ――』に記されていることが、事実か否かは別として、『薄桜記』は、いや、少なくともその冒頭は、千鶴子夫人のために書かれている。典膳の行う、一見、不可解な行動や忍耐は、明らかに五味康祐の妻に対する贖罪のように、私には思えてならないのだ。

それにしても五味康祐は、幾つ十字架を背負えば気がすむのであろうか。

五味は『薄桜記』発表前後も、『二人の武蔵』『風流使者』『色の道教えます』『如月剣士』『陽気な殿様』等の時代小説や、昭和二十五年、妻を実家に戻し、神戸の魔窟街をさまよい、覚醒剤中毒となった経験をもとにした『麻薬3号』等を執筆、これらはことごとく映画化されるほどの人気を得る。

彼の内面の苦悩は知らぬ――が、ハタから見れば、その作家生活は正に順風満帆に見える。だが、この時、昭和四十年から四十一年にかけて、彼が、恐らくは、一生背負うことになるであろう十字架が用意されていたことに気づいてはいない。

二度の自動車事故と一生背負わねばならぬ十字架

とまれ、時間を戻し、再び剣豪作家として絶頂期を迎えた五味康祐の姿を見ていこう。

新聞雑誌に何本も連載をかかえ、その上、読切短篇も数多くこなしている五味は、昭和三十八年十月四日、朝日新聞社後援の欧州ドライブ旅行に参加し、ＪＡＬ南回りで羽田空港を出発し、ハンブルク、フランクフルト、チューリッヒ、ジュネーブ、ニース、ミラノ、ローマ、ウィーン、パリ、ロンドンを経て、十一月十二日に帰国している。

この間のドライブ旅行は、かなり御機嫌だったらしく、「ヨーロッパで五千キロ走ったときは、モナコからサン・レモまで、タイヤがきしむぐらいのスピードでカーブきったこともあるんです」と後述している。さらに五味は、外国車に較べて国産車は性能が悪いという持論の持ち主だったようである。

そしてこのドライブ旅行から帰ってすぐ、同年十二月の「別冊文藝春秋」に発表したのが、この稿でもたびたび引用している『私小説　芥川賞』である。

売らんがための『喪神』で芥川賞を受賞した慚愧からはじまって、その映画化作品「魔剣」（監督安達伸生、出演大河内伝次郎、中村扇雀、昭和二十八年、大映）を見ながら、「何という才能の、無駄だろうと思った。同時に、私は自信を新たにした」と落涙。そして一年間の沈黙を破り、「別冊文藝春秋」に作品を発表し、田川編集長の励ましにこたえつつ、「私は今日思う。一人の作家を育てるのは、作家の才能ではない、それは、編集者だ」と断じた作品――これを書き得た、ということは、五味自身、当時から現在までの道のりを、幾分かの余裕をもって客観的に見直すことができるようになった、ということではないのか。

が、それも束の間――。神は五味に心の平穏を与えることはなかった。翌昭和三十九年一月三十一日、国道一号線の鈴鹿峠付近で、自ら運転する乗用車がトラックに衝突するという交通事故に遭い、亀山市の田中病院に二日間入院し、二月一日に退院。九死に一生を得るも、血清ビールス（肝炎）の後遺症に悩むことになる。

保田與重郎の知人であった奥西保の「亀山の自動車事故」が、五味康祐が病院に担ぎ込まれた際の鬼気迫る状況を最もよく伝えているので、少し長くなるが、ここに全文を引用しておく。

　三重県亀山の国道一号線で五味さんが、中央線を超えて侵入して来た貨物自動車に激突の事故にあったのは、昭和三十九年一月卅一日の夜であった。十一時のテレビニュースで知って、保田與重郎先生ご夫妻、高鳥賢司さんと私とで、亀山の田中病院に着いたのは二時すぎであった。その時、病院に駆けつけてゐたのは、名古屋や京阪の五味さんの知人数人と報道関係の人十数人であった。

　五味夫人には亀山警察署より知らせ、すぐ車で東京を発ったが到着は朝八時すぎになるだらうと知人が云った。

　五味さんは手術室に入ってからもう随分長くなるが、まだ出て来ない。結果がどうなのかは勿論不明であると云ふ。一同は一階の狭い廊下にたゝずんで時折交す私語も途切れがちで、深更の貧寒とした救急病院を包んだ濃い不安の闇が深い。通りかゝった忙しげの看護婦を無理に問詰めてきく。十二時廿三分開腹手術を始め、もうほぼ終った。一番気がかりな生命は、多分とり留める模様ときくと、一様に安堵の色が、皆の顔に笑《ゑみ》と洩れた。

　三時すこし前、意識不明の五味さんが手術室より出て来る。土色の顔を包むやうな長髪と顎髭が、この時ほど貧相にやつれて見えたことはない。報道関係のカメラマンが担架車の前後左右に群り、車は屢々立往生する。二階の病室にやっととたどり着くと、制止もきかず閉めたドアを無理に押して入る。そのしぐさは、生死の際に彷徨ふ生命への畏敬と労はりの感情などはつゆもなく、暴と妄の極みとしか云ひやうがない。

『いかん‼　出てゆけ‼』

保田先生の声。大きくも鋭くもない。しかし、礼なき者惻隠の心を失った者に、人心を目覚めしめる威儀と、厳しい憐憫の情がこもってゐた。報道者は忽ち霧散した。五味さんは後日、この話をきいて、日本の古代人が持ってゐた精神の厳しさと深さそのものだと云った。

夜中とはいへ、いろいろな方面から五味さんの病状問合せの電話がかゝってくる。いつの間にか私が応対役になってしまった。そうした私を医者は近親者とみたものか、手術室へ来てほしいと云った。人影のない手術室は寒々として一種の鬼気さへ感じられる。何を言はれるのかと不安げの私に、医者は金属の皿に入った肉片を見せて、これが、いま五味さんから摘出した脾臓で、こゝの所が断裂してゐるとその個所を指で示した。脾臓は掌を延したやうな十センチばかりの長い楕円形で、鶏の肝のやうな暗赤褐色であった。下から三分の一ほどの所が、鋸で引き切ったやうな傷口で切れてゐる。

腹部の夥しい内出血がどこから出てゐるのか不明なので、生命の危険を考へて全身麻酔はせず、局部麻酔で、手術を始めた。腹の下部から少し切っては、腹中に手を捜入して異常部を探す。それを繰返してゐるうちに時間はたち、局部麻酔はきれてきたが、長時間の激痛に患者はよく耐へた。臍の上までメスを入れても損傷臓器にゆきあたらず、そこより左へ鍵形に切り進んで、つひに脾臓の断裂を発見し摘出した。医者は質問に応じて、丁寧にしかも淡々と説明してくれる。

後日五味さんと語り合ったものだが、野戦病院の軍医であったときく、この田中院長に執刀してもらひ、緊急の適切な処置が果断になされたのは、彼の不幸中の幸であった。今夜と明朝午前中さへ無事経過すれば、生命は大丈夫と思ふと聞いて、大いに安心して病室に帰り、保田先生や高鳥さんらに報告する。

五味さんは時々痛い痛いと叫ぶやうに訴へる。髭面ゆゑに、よけいに憔悴して見える顔である。他の人が傍に行って声をかけても納まらぬ。ところが保田先生が、

『そうか、そうか、すぐ直るよ』

幼児をあやすやうな調子で額を手で撫でられると、うんうんと頷いてそのまゝ寝入る。あとで彼にその時のことを話して、先生と分かってゐたのかと聞くと、恥しさうに笑って、先生が来てくれてゐやはったのは分かったけど…と答へた。痛さが感覚できぬ昏睡状態より、本人にはつらいか知らぬが、痛い痛いと叫ぶ状態の方が、病状は良いのだから、付添ふ者には喜ばしい。〝痛いのは本人持ちだから〟と高鳥さんが云った。

翌朝八時すぎ、千鶴子夫人が到着した。夫人の顔をみるなり、彼はむづかりだした。つまり甘えはじめたのである。午後になるとあれこれと夫人に文句を云ひ始めた。かくて彼は危険状態を脱したと院長が明言したのである。

先に記したようにこの長い引用は、五味入院の鬼気迫る一夜を知ってもらいたいためだが、同

時にもう一つ、五味の師たる保田與重郎が、いかに深い愛情を、恐らくは不肖の弟子たる五味に抱いていたかを知ってもらいたかったからである。

私はこの一文を読むたびに涙がこぼれて仕方がない。そしてその思いを読者に共感してもらうには、保田のことばのみを抜き出すことでは不可能だし、だいいち、不遜というべきだろう。五味は生死の境にあって最も幸福であった、としかいいようがあるまい。何故なら師の至高の愛が彼にふりそそいでいたのだから――。

さすがにこの年は、新たに連載を開始した長篇は『剣術プロモーター』一篇しかない。が、ことはこのまま終わりはしなかった。

昭和四十年七月二十四日。

この日は、五味が一生背負わねばならぬ十字架が用意された日であった。五味は、その日、名古屋市瑞穂区堀田通りで、自ら乗用車を運転中、横断中の六十歳の婦人と六歳になるその孫をはね、死亡させてしまうのである。当然、起訴された。

翌日の「朝日新聞」朝刊には、

通行の二人を死なす
五味康祐　暴走・わき見運転

という大見出しの次に、

二十四日夜十時五十分ごろ、東京都練馬区西大泉二〇七五、作家五味康祐（四三）は自家用の五十九年型ポンティアックを運転して関西へ行く途中、名古屋市瑞穂区堀田通九で、道を横切ろうとした同所、鉄工業松川滋さんの母たきのさん（六〇）と四男の穂波小一年研治ちゃん（六つ）の二人をはねた。研治ちゃんは頭を強く打って即死、たきのさんは近くの病院に収容されたが、全身を強く打っており、間もなく死んだ。瑞穂署はわき見運転とスピードの出しすぎとみて、五味を業務上過失致死の疑いで調べている。

と、書かれている。

さらに同記事は、取調べに対する五味のことばとして「クーラーのスイッチをいれるとき下を向き、顔を上げたら目の前に二人がいたのでブレーキを踏んだが間にあわなかった。交差点を渡って現場近くにきたとき、二人を見つけたが、ゆっくり歩いていたのでとまると思っていた」と記している。さらに記事は、制限時速を十五キロオーバーの六十キロを出していたこと、被害者とともに病院に入った時、五味は興奮し切って一時間ほど一室に閉じ込もっていたこと。五味は、白浴衣に白タビ、セッタをはいており、「こんなことなら私が死ねばよかった」と蒼白の顔でくり返し、たきのさんが死んだことを聞くとワッと泣き伏したとある。そして、一年前の亀山の自動車事故に触れて記事は終わる——。

私はこうしたことに対して語ることばを持ち得ない。ただ、強いてことばにしてみれば、なぜ、五味の作家としての栄光（もともとそれは彼の望んだかたちではなかったとしても）、いや、人間としてのよろこびは、こうもしばしば瞬時に不幸の記録として書き換えられねばならないのか、ということである。

何しろ人気流行作家の起こした人身事故であり、死亡したのが祖母と孫となれば、ことさらに世間の同情は被害者に集まる。五味に批難が集中したことは想像に難くない。

「週刊文春」昭和四十年八月九日号のコラム、〝マスコミの目〟でこの件が取りあげられており、見出しには「筆を折る？／五味康祐氏」とある。その中で、母親と子供を一度に亡くした松川滋氏が、五味が前年、トラックと衝突した大事故を引きおこしていたことを知り、「最初は許すつもりだったが、二度目だときいて急に怒りがこみ上げてきました。なぜ、前の事故のとき運転をやめなかったんですか」とことば鋭くつめよったことが記されている。

その中で五味は、あくまで「いまの気持ちとして」とことわって、「これからは小説をかく勇気もない」と暗に筆を折ることをほのめかしていることが伝えられている。さらにこのことに関して檀一雄は、実は五味が車で関西に行く前日、運転をとめたばかりだとした上で、

前の事故で助かったのは自分が運転していたからだと、常日頃からいうほど自信を持ちすぎていたんですね。だけど、小説なんぞかいているわれわれは頭にフーッと妄想がわく。だから運転はもうやめるようにと、いったんですが……昨年事故を起こしたとき運転はやめる

べきだったんですね。

と語っている。

そして記事は止めをさすように、「それに対して五味氏は事故を起こすのは車の性能がわるいからだというのが持論で、六月に国産車から大きな〝性能のいい〟外車にかえたばかりだった」と締めくくられている。

で、結局、五味は筆を折ったのか？

いや、折らなかった。折らないばかりか、その後も、もとの流行作家に戻り、時代小説と現代小説双方に健筆をふるい、おびただしい数の作品を量産した。五味康祐らしく、その中には、『柳生武芸帳』同様、未完のものも多かった。それでも作品は、皆、水準以上のものであった。但し、事故の直後に執筆した「自日没《にちぼつより》」及び、その翌年、発表された「ローザンヌの窓」「火術師」の三つの短篇を抜くものは、とうとう書かれなかったように思う。

昭和四十一年一月十一日、名古屋地裁で五味康祐に申し渡された判決は、禁固一年六カ月、執行猶予五年というものであり、五味はこれに服した。

五味は、「週刊文春」昭和四十一年一月三十一日号の大宅壮一の連載対談「大宅壮一人物料理教室」のゲストとして招かれ、判決後の心境を語っている。ちなみに、この回のタイトルは「告白　交通事故加害者と作家の間」である。

結論からいえば、この対談は、いい小説を書くことが必ずしも亡くなった人の霊を慰めることになるとは思えないが、自分と同じように精神的にうちひしがれた状態にある人たちのために、書き続ける、という再出発の決意表明となっている。

五味の刑が確定した際、前述の松川滋氏による、「妥当な判決だと思う。五味さんには二度とこのようなあやまちを繰返さないよう自重して、文筆活動に精を出してもらいたい」（昭和四十一年一月十一日、「朝日新聞」夕刊）という発言を受けての、これは五味の決意であろう。が、この対談には、五味の自己が将来、引き裂かれることを暗示するような様相が見てとれるのだ。

はじめ五味は、日本においては道路に較べて車が多すぎ、運転者、歩行者ともに交通道徳といったものが存在しない、という不遜ともとれる一般論を語っている。そして自分の起こした事故にさえ、客観的な分析を加えていく。

が、この対談をまとめたであろう編集者が、その様子に「…かなり長い雑談の後、はなしが本題に入ると、しばらくは唇をギュッと噛みしめたまま。／やがて、唇をゆがめて、体験を語りはじめた。／細く、女性的な声が、すすり泣いているようだ。／ときどき絶句しては、赤くうるんできた眼をしばたたく」と寸評を挿入した後、五味は奇態なことを語り出す。

それは一つには、自分が車を運転しはじめてから六年のあいだ、何回かなまなましいほどの事故の夢——それも前年のトラック事故のように被害者となったものではなく、加害者となった夢ばかりを見ている、というものである。

また一つには、自分の「ひいじいさん」が、ミナミの劇場を建てて、コケラ落としの際、役者の引き抜きのもつれから人が殺されているが、背後で殺人を教唆したのが、その「ひいじいさんらしい」――つまり、自分の家系というのは、そういう怨霊と切り離せないそれである、というのである。

そして、五味が、自動車の運転云々とは関係なく、大宅壮一が自分の人間性や文学について斬りこんでこないのは、あなたのいたわりだったのだろうけれども……と語ったとたん、この対談は、一変する。

五味は、事故の体験を介して、これまでの自分の作家としての立場と作品について、次のように語っている。

いわく「(民衆の持っている)最大公約数への抵抗で、ぼくの文学は成り立っている。ですから、ぼく自身、奇行というのとはちょっとちがいますが……」

いわく「いままで発想していた地盤、それを変えられるはずもないし、変えようとも思いません。けどね、小説というのは、ようするに根も葉もあるウソ八百です。ウソを書いて原稿料をもらうということに、非常に単純な道義的な抵抗を感じたんです」

さらにいわく「事故の直後に、それ(いままでの超人主義的な考えを捨てるものかという考え)はあったんです。開き直る気持……。どんな制裁も受けるかわりに、あくまで最大公約数的なものへ抵抗する生き方を変えないぞ。そんな開き直る生き方も文人としてならあると思ったんですが、やっぱりムリですわ。(後略)」等々。

そしてこの後、先に記した「ひいじいさん」の挿話が語られるのだが、五味は続いて次のような発言を繰り返すのである。

いわく「だいたい水商売の家庭ですからね。それに、ぼく自身、仏教に関心があるし、因縁ということを考える。身延山で滝にもうたれたし、黒住教で修行もしました。また、叔父がクリスチャンだったせいで、キリスト教神学の勉強もやったんです。だから、ぼくの根柢から神とか仏というものは離れたことがない。しかしジャーナリズムは、チャンバラ書いてるぼくしか、写し出してくれなかった」

いわく「事故の晩、いちおうの調べがすんで、ホテルに泊ったら、ホテルには聖書がおいてある。あれは、〝罪〟という字ばっかり出てきます。その一字、パッと見ますとね、一時間ばかり前に犯してきた罪を強く感じて、〝イエス〟もなにも、頭にはいってこない。それで、ダメだと思って眠ろうとしても、うつうつしたと思うと事故の場面が出てくる。ほとんど一睡もしませんでした。そのぼくが救われたのは、いちばんつまらない、テレビですよ」

これを受けて大宅は「テレビは、イヌの喧嘩かサカリか、いったいどっちだろうというんで、道ばたでじっと見きわめているみたいなもの」といっているが、テレビの普及こそ「一億総白痴化」につながるといった彼なら当然のことであろう。そして、極めて無責任な興味をそそるという点においていまの文学も同様だ、と断じている。そしてさらに大宅が、テレビは最大公約数的なアンプルのかぜ薬ではないかというと、五味は「いままでだったら、そういって、ぼくもすませていたんです。そういう寸鉄人を刺すような独善的な見方、それが作家的な目だといってきたわけでしょう。そうじゃないということに気がついた」と答えているのである。

そしてここからが肝心なところなのだが、五味は、

ぼくの作品の批評で、「なかなかいい小説だ」なんていわれてるのは、みんな真ッ赤なウソを評価してくれてるわけですね。みんな、ウソばっかりほめてくれてるわけだ。それはもういやだ。そうすると、歴史小説を書くには、昔の人が調べたことを、丸写ししなければならない。そこには、もうクリエート（創造）はない。そうすると、文学的生命はなくなる。

とも、

それじゃ、なんでまた書き出したか、ということになりますがね。さっきいったように、ぼく自身、いちばんみじめなつらい状態のときに、心をいやしてくれたのは、テレビ・ドラマの真ッ赤なウソだったわけだ。だから、ウソだって人をいやすんだ。いままでは、じくじたる思いで反省しながら、ウソを書いてきたけれども、つまらない小説であれ、そこからなぐさめをえなければならない人がいる。そういう人のなぐさめになるなら、大ウソついてみよう、という考えに達しました。

ともいい、結局、先に記したように、自分が小説を書くことが二人の霊をなぐさめることにな

るとは思えないが、自分と同じようにみじめな状態にある人のために筆をとることをいうのである。

が、五味は、この時、大宅壮一が五味を慰めるべく、たまさか口にした次のことばに、思わず戦慄したのではあるまいか――。そのことばとは、

釈迦でもキリストでも、ほんとの声を一言いってくれ、といわれたら、結局、「人類を救うために、オレは大ウソをついたんだ」というんじゃないかと思うな。ウソの救いというものはありますよ。それで人間は救われたんですよ。だから、ウソそのものを否定することはないと思うんだ。（傍点引用者）

実は作家生活の初期に五味は、イエス・キリストに材を得た作品を書いている。まだ剣豪作家になる決心がつかないでいた、昭和二十八年三月、「別冊文藝春秋」に発表した「背信の人と歩いた」である。

無論のこと、『聖書』に材を得た物語で、イエスと娼婦マリアが、ベツレヘム、アッコ、ツロ、サレバテへと流浪を重ねる、というものである。マリアはイエスに普通の男として接したい。しかしイエスは、物に憑かれたような表情をうかべ、神の子と称されている。

そしてあるときマリアが「お前は義《ただ》しいの？」とイエスに問うと、イエスは呻きながら「儂は神の子だとお前にだけ、言う勇気がなかった」（傍点引用者）と涙し、「ベツレヘムへ行こう。べ

ツレヘムの旅舎で汝は魂の祝福を享けよ、そう御声が言われたのだ。……この五年儂は御声を裏切って来た」と答えるのである。それのみか、イエスはマリアを愛したことで苦悩を深める。マリアには、イエスが神の子か否かは分からないし、そんなことは問題ではない。

ただし、マリアは、イエスの「儂には律法《おきて》を怖れる気がしない、儂自身、神の律法という気がしてならぬのだ、儂を怖れさせるものは、お前だけだ、お前の……」ということばに、「この儘ではイエスはいつか必ず律法の冒瀆で極刑を受けるにちがいない」（傍点引用者）とすべてを見抜く。それでもイエスはヨルダンの河口に近づくと、再び憑かれた者の表情をし去っていく。五味は記している――「もう、自分の力でどうにもならぬ方向が、神への方向がイエスの眼にやどりだしたのを彼女は見た。ベテホグラの地へ来たとき、イエスは、遂にマリアと人間の自らを裏切って荒野へ走った」（傍点引用者）と。

このイエスとマリアの道行きが、五味が『柳生連也斎』において再び用いる、伊東静雄の詩「わがひとに与ふる哀歌」のバリエーションであること以外、理に叶った説明は控えるべきであろう。ただ、五味の心中を察していただきたいとしか、私にはいえない。

贖罪と鎮魂、慟哭譜である三篇の傑作

そして五味が、事故から判決直後に書いた三篇の傑作について記せば、「自日没」（「別冊文藝春秋」昭和四十年十二月）は、作者自身が、巻頭において「阿波の徳島城下で、奥医師（匙医）

永井宗意なる者が家老の悴を斬って逐電した。忿《いか》った藩公の命で上意討ちに家士六人が選び出された。宗意は巧みに追手を遁《のが》れ、四国山脈を縦断して浮穴郡《うけなごおり》の柳井川村に辿り来たときに時疫の流行あり、村民の苦しむ様を見て施療を為した。これは宗意にとって自殺行為を意味した。医師である身分を秘匿すべき禁を破ったわけである。忽ちに、噂を聞きつけて武士六人は柳井川村に到着した。はじめて事情を知った村民は、挙《こぞ》って、恩人宗意を護り武士に反抗して起《た》った。乱闘数刻、ことごとく武士は斃れ宗意は余命を全うした」と、自らストーリーを紹介している。

逃亡の途中、宗意はさまざまな人にかくまわれるが、久万《くま》山の庄屋船田次郎に事情を話し、「自分はもとめて斬ろうと致したわけではない。むしろ思いもかけぬ殺戮である。併しそれはもう言えぬ。心なくも人を殺めた者がどれ程の責苦を自らに課し懊悩するか、お手前のように平和な日を生きるお人には分るまい。実に我が身をさいなむおもいがする。幾度、自刃して此の責苦をのがれようとしたか知れなんだ。併し自害したとて他を殺めた過失は償えまい。我を生かし、相手を死に至らしめたのは、天が何事かを此の身に為さしめん意《こころ》からであろう。何を天は為せというのか、それをさとるまでは迂闊に死んではならぬとおのれに吩《い》いきかせている。人間は浅間しいものである。これも寔《まこと》は生きのびたい為の自己弁護であるかも知れぬ。本当は討手が怖くて逃げているのも否定はしない。併し、逃げまわるだけならこれも亦《また》苦痛である。自分は死を遁れたいのではない、死場所をさがしている。天の為しめんとする所は何か、それを見届けた上で死にたいのである」と己れの心境を語っている。

そしてラスト、百姓たちは、命の恩人を救けるべく討手の武士たちを皆殺しにしてしまう。ここで宗意には、さらに十字架が科せられることになる。阿波藩では、百姓たちに殺されるような臣はいないと、百姓たちにはお咎めなし。そして宗意はそれから三年後、村から姿を消し、作品は次のようにしめくくられている。

その後の（宗意の）消息は杳として不明である。天のなさしめる所を悟ったかどうか誰にも分らない。

この短篇は、事故を起こした正に数カ月後に書かれた、贖罪と鎮魂、さらには五味自身の慟哭譜であり、読みながら、こちらの身体がこわばるほどの傑作である。

そして、判決後に書かれた二作、「ローザンヌの窓」（「別冊小説新潮」昭和四十一年四月）と「火術師」（「オール讀物」昭和四十一年五月号）は、どちらも純愛物語といっていい作品である。

前者は、諸般の事情で恐らくは結ばれないであろう一組の男女が、ローザンヌの教会で二人だけの結婚式をあげるというもの。注目すべきは、書き出し、第一段落の三つの文章である。これを一つずつ改行していくと、

わたしたちは今日はじめて新しい家で眠る。
ここにいつまで居られるかは分らない。
わたしたちは旅行者だから。

となる。

これではまるで伊東静雄の詩の冒頭ではないか、といわれてもおかしくはあるまい。

そして後者は、落涙を禁じ得ない花火師夫婦の愛情物語である。五味が書いたのであるから、そんじょそこらの人情ものと一線を画していることはいうまでもない。

後者において花火師は長年の苦労の末、ようやく、会心の花火づくりに成功する。だが、その時、妻の目は盲目となっており、彼は、その日から音で分かる花火をつくることに心血をそそぐ。彼が真の名人となったのはこの時からである、と五味は記している。

この後、五味はこの三作を超える作品を書いていない。強いていえば、『二人の武蔵』が、昭和四十三年六月、人物往来社から刊行された際の改稿を除いてはである。この事情に関しては拙著『「宮本武蔵」とは何か』（原題『武蔵』）に記しておいたので詳しくは書かないが、改稿時の解説を担当した大河内昭爾氏によれば、この改稿は、「かつて氏の身辺に不意にまきおこった不幸な事件がもたらした、いわば人生への深い謙譲が、（中略）奔放な小説的興趣をおさえてまでも、殺す者、殺される者というぬきさしならぬ剣客の在り方の厳粛さとしてあくまで尊重したかった」がために成されたのではないか、としている。

そして五味は発見してしまったのである。この作品に己れの心を滅し去るがごとき一行があることを。

その一行とは、

愚かな日のおのれは此の地上から抹殺したい、と思う。

である。

そして五味は、一瞬、日本浪曼派への奇蹟的な回帰を行いつつも、大宅壮一と語ったところの「最大公約数的な作品」（無論、凡百の作家の作品と較べれば、水準以上であることは明らかだが）を量産していく。そして、この頃から自作の出版について無関心なさまが見えてくる。『黒猫侍』『柳生天狗党』『柳生稚児帖』（原題『虎徹稚児帖』）等は、皆、死後出版されているし、生前、出版されたものでも、五味自身、校正を投げたと思われる作品がなくもない。

が、その代わりに、五味は一連のクラッシック音楽に関する著作で自らの神を追う。『西方の音』（昭和四十四年七月、新潮社）等がそれである。この稿の最初に、私はクラッシック音楽に関しては不案内である旨を記しておいた。しかしながら、この題名にこめられている意味、「西方」の二文字が泰西ばかりでなく、西国浄土を意味しているくらいのことは分かる。

そして五味康祐の死後刊行された最後のエッセイ集の題名は『人間の死にざま』（昭和五十五年六月、新潮社）——。この中に太宰治についてのくだりがあり、太宰の最初の心中は、心中と見せかけて本当は殺人だったのではないか、と記している。そして玉川上水での投身は、贖罪の完成であり、五味は、太宰と自分は人を殺したものにしか書けない文体を持っている、とまで断じているのだ。

このような運命を歩んだ五味に文学の神は果たして微笑を見せたのであろうか。先に引用した大宅壮一との対談で、これをまとめた編集者は、五味が「ジュズをもち、朝夕、戒名をとなえてまつる」という見出しをつけている。五味自身も「ジュズを持っている」といい、その理由として「死者を弔うというより、持っていないと、自分が不安なんですね」と答えている。

では何故、編集者は「数珠」ではなくカタカナで「ジュズ」と書いたのか。私にはしばしばこの「ジュズ」ということばが、対談の内容からして「ジェス」、すなわち、イエスに見えてならなかった。もしかしたら編集者にもそんな思いがあったのかもしれない。

とまれ、五味は、斎藤十一と保田與重郎からは、これ以上はないほどの愛情を受けて作家となった。だから五味の墓は、鎌倉の斎藤十一の墓の隣にあるし、生涯の師、保田に『柳生武芸帳』を評して、「こういう歴史の見方をした人を過去に知らない」とまでいわしめた。

そして昭和五十三年六月、恐らくは最後の哀しみが五味を襲った。生涯の朋友であり、ライバルでもあった柴田錬三郎のあまりにも早い死である。享年六十一。五味は、それを知るや、柴田邸で一晩、泣き明かしたという。思えば、ともに純文学系の書き手として出発し、こと志とは違うところで剣豪小説作家として成功した二人であった。そして、二人とも最も華やかで注目された作品発表の舞台は「週刊新潮」であった。

その五味の死は、それから二年後の昭和五十五年四月一日、柴田錬三郎より三歳若い五十八で逝くことになる。友の死を哀しんだとき、この余りにも紆余曲折の多かった作家の死は、目睫《もくしょう》の間《かん》に迫っていたのである。

第三章　山田風太郎の憧憬

山田風太郎　Yamada Futaro

大正11年（1922年）―平成13年（2001年）兵庫県養父郡関宮村（現養父市）生まれ。東京医科大卒。昭和二十二年、大学在学中に「宝石」の懸賞小説に『達磨峠の事件』が入選して文壇に登場し、推理小説を手がけていたが、昭和三十三年に発表した『甲賀忍法帖』を皮切りとして『柳生忍法帖』など、忍法帖小説のベストセラーを連発した。著書は『魔界転生』『柳生十兵衛死す』などの忍法もののほか、明治開化期が舞台の『警視庁草紙』『幻燈辻馬車』、また昭和二十年の日記『戦中派不戦日記』は名著として知られる。平成二十二年、その名を冠した山田風太郎賞が創設された。

「私の人生は決して幸福ではなかった」

山田風太郎を論ずるに当たって、何をもってこれを行うか？

これには諸氏様々な意見があろうが、所謂〈柳生十兵衛〉三部作をもってこれを行うとすれば、大方の納得は得られるのではないかと思われる。しかしながら『柳生忍法帖』『魔界転生』『柳生十兵衛死す』を、十兵衛と女たちの物語として規定すると、怪訝な表情をする向きがおられるかもしれない。

しかも、その論の題名が「山田風太郎の憧憬」とくればなお一層であろう。

が、私は敢えてそれをやってみたいのだ。

だが私は、本論に入る前に作者の第一エッセイ集『風眼抄』（昭和五十四年十月、六興出版刊）に収録されている諸作をもとに、この鬼才の哀しみに彩られた幼少年から青年期について記さなければならない。

何故ならば、それがこれから論じる三部作に色濃く影を落としているからだ。

山田風太郎は、兵庫県養父《やぶ》郡関宮《せきのみや》村——現在は養父市の一部になっている——但馬国の雪深い神鍋《かんなべ》山に近い場所で生まれた。大正十一年一月四日のことである。本名は誠也《せいや》。父系母系どちらも代々医者であった。家は一階の建坪だけでも百数十坪はあったという。

秋には、必ず大神楽の獅子舞がやって来て、あるときには、大演習の兵隊たちが村に分宿、山田家には連隊長が泊まり、門の両側には夜っぴて二人の歩哨が銃剣をついて立っていた。また、あるとき大地震があって、たくさんの人が山田家に来て、庭にまで蒲団を敷いて寝ているのを見た記憶もあるとのこと。

ところが、五歳の折、誠也少年の父が、村の患家——それが何と山田家の菩提寺であった——の往診に行った折、脳溢血で死亡してしまう。そしてどういう事情かは分からないが、一時、誠也少年と母は、山陰線でいくつも駅をへだてた祖父の家へ移らなければならなくなり、未亡人となった母に「お母ちゃん、かえろうな、ナ、ナ。かえろうな、ナ、ナ」とぐずったという。これが人生において「哀しさ」というものをはじめて意識した瞬間であった。

結局、母は、これも医者であった叔父と再婚、実家に戻り、誠也少年は五月の節句に幟を立ててもらって、酔うような初夏の光の中で、その柱がギイ、ギイと、ものうく鳴るのを聴いていたことや、また桜の下にむしろを敷いてもらって、そこでひとりで遊んでいて、「ああ幸福だ！」と、人生でいちばんの幸せを感じることになる。

ところが、誠也少年が中学一年から二年に上がる折に、今度はその母が亡くなってしまうのである。

山田風太郎はこう書いている――。

以後、私にとって薄闇の時代が始まる。この年齢で母がいなくなることは、魂の酸欠状態をもたらす。その打撃から脱するのに、私は十年を要した。この十年ばかりの悲愁の記憶は、いつの日か私が死ぬとき、総括して私の人生は決して幸福ではなかった、という感慨をさえ持つのではないか、と思わせるものであった。（傍点引用者）

子供は傷つきやすいものであると同時に、ある意味、残酷である。この年齢での母の死は、誠也少年にとって自分への裏切り行為に思えたのではあるまいか。

そして、誠也少年は心に哀しみを抱いて、秋になると、屋敷の一画にある畑の隅の、大きな棗《なつめ》の木の樹上に腰かけ、いつまでも棗を喰べながら、「少年倶楽部」を読んだという。「実は甘ずっぱく、爽やかで、私は果てしもなくそれを口に運んだ」のである。

さて、母の死から十年というのは、昭和二十二年、すなわち探偵小説専門誌「宝石」の懸賞募集に投じた「達磨峠の事件」と「雪女」のうち、前者が掲載され、探偵作家としてデビューした記念すべき年に当たっている。

〝天下の奇書〟風太郎忍法帖

ここで〈十兵衛三部作〉を論じる前に、私は、いわゆる〝風太郎忍法帖〟の特質と、その戦後文学的意義について記しておきたいと思う。

さて、山田風太郎がいわゆる〝風太郎忍法帖〟と呼ばれる忍者小説に着手したのは昭和三十三年（一九五八）で、はじめはまだ知る人ぞ知るといった按配《あんばい》であったが、昭和三十八年に『山田風太郎忍法全集』シリーズが刊行されるや、「社会的疎外になやむ現代人のストレスを解消してくれる一服の清涼剤」（尾崎秀樹）として、また、天下の奇書として、半年間に三百万部以上を売り尽くす高度経済成長期のベストセラーとなるのである。

では、風太郎忍法帖は何故、天下の奇書なのか。それは、一方で人間の身体をデフォルメした奇想百出の忍法（山田風太郎作品以降、忍術を忍法と称するようになった）を繰り出し、その一方で、歴史をパロディの手法により裁断するという大胆な小説作法によっていると見ていいだろう。

忍法帖第一作の『甲賀忍法帖』では、物語は、徳川家康が三代将軍の座を甲賀、伊賀の争忍によって決しようとしたことからはじまる。伊賀組が勝てば兄の竹千代（後の家光）が、甲賀組が勝てば弟の国松（後の忠長）がこれを嗣《つ》ぐことになり、天海僧正がそれぞれの組から十名ずつ忍者を選抜、ここに、忍者集団間の死のトーナメント戦の火ぶたが切られるのだ。

甲賀弾正率いる甲賀衆には、カメレオンのような保護色能力を持ち、壁や樹木に溶け込む霞《かすみ》刑部《ぎょうぶ》、全身が鞠《まり》と化し、いかなる打撃をもはね返す伸縮自在の怪人鵜殿《うどの》丈助、皮膚のことごとくが吸盤となって相手の血を吸い取るお胡夷《こい》がおり、お幻率いる伊賀衆には、手足を鞭《むち》のように伸ばすことの出来る小豆蠟斎《ろうさい》、塩に体液を溶かして半流動体のなめくじと化す雨夜陣五郎、己の髪を手足のように扱い、身体の体毛が針と化す簑念鬼《みのねんき》らがおり、その死闘は凄惨《せいさん》を極める。これら忍者が己の身体を極度にデフォルメして使う忍法は、一見、荒唐無稽のようでいて、医学生であった作者の手にかかると、簑念鬼が髪を自由自在に操れるのは髪そのものに自律神経が通っているためなどと、一片の医学的根拠が付与されているのがミソである。山田風太郎は、はじめ『水滸伝《すいこでん》』にちなみ、百八人の忍者を描くつもりで、同じ忍法は二度と繰り返して使わないという約束ごとを設けたというが、このあたり、先人の用いたトリックを二度と用いないことをルールとしている推理小説から作家生活をはじめたこの作者の気質がうかがえよう。

そして話を物語全体の骨子に戻せば、この長篇は、徳川三代将軍を選ぶために正史の背後に存在した稗史《はいし》という設定をとっていることがわかる。われわれ読者は、竹千代が三代将軍の座にすわるという歴史的事実を知っており、その意味で、この作品の内部で史実の変更はあり得ない。問題は歴史の水面下で何が行われたかである。それが忍者間の抗争であるというのだ。しかし、天下人が徳川家の命運を決める大事を身分卑しき忍者たちに託すことはあり得ない。だからこそ、この作品はパロディなのだ。そして、そのパロディとして提出された歴史の中に、時には敵対する忍者同士の純愛を絡め、その一方で、忍者社会の非情さをあぶり出し、さらにはエロティックな側面をも盛り込み、作者は一篇のエンターテインメントをつくり上げた。

確かに『甲賀忍法帖』が時を忘れるほどの類稀《たぐいまれ》なエンターテインメントであることは言を俟たない。しかし、二つの忍者集団が相討ちで全滅したため、彼らの闘争とは関係なく三代将軍が決められたという結末や、忍法のことを四百年間にわたって同族の「血と血をまぜ合うて、闇の中にかもしあげた魔性の術」と説明している箇所を読むと、この長篇が抱えている思いもよらぬテーマに突き当たり、慄然《りつぜん》とせざるを得ないのだ。

すなわち、風太郎忍法帖がベストセラーとなった時期は、たとえば直木賞の受賞作だけを見ても、第四十八回（昭和三十七年度下半期）を受賞した山口瞳の『江分利満氏の優雅な生活』（昭37）の主人公が「神宮球場は恥かしい。なさけない。悲しい。ひどく恥かしい」と戦争とクロスする昭和の日本人の青春に罪の意識を感じていたり、やはり四十八回を同時受賞した杉本苑子の『孤愁の岸』（昭37）において、宝暦治水工事の渦中で倒れていく薩摩藩士の姿に学徒出陣の兵士たちを送った作者の感慨がこめられていたり、といったようにさまざまなかたちで戦中派のモラルが取り沙汰《ざた》されていたのである。

そして、忍法帖の作者たる山田風太郎も、東京医科大に在籍していた敗戦前後の克明な記録を『戦中派不戦日記』（昭46）にまとめ、さらに昭和十七年から十九年までの日記を『滅失への青春――戦中派虫けら日記』（昭48）として刊行し、一周忌を期して昭和二十一年の記録『戦中派焼け跡日記』（平14）が公刊された紛れもない戦中派である。加えて、山田風太郎のさまざまな作品が、この日記の中で綴られた死生観、国家や権力に対する考え方、歴史への対峙《たいじ》のしかた、人間の愚かしさに対する洞察等を検証するために書かれていったものだとすれば、無意味な闘争の果てに死んでいく忍者の群れは、『孤愁の岸』の薩摩藩士に重ね合わされ、四百年にわたって同族の血をまぜ合わせてつくられて来た忍法は、八月十五日へ至る伏線として日本史の中に培われてきた魔界を意味してはいないだろうか。

山田風太郎は忍法帖を書くに至った動機を、推理小説を書いていた一時期を経て思い切り非合理的なものを書きたくなったから、と述べたことがあるが、その実、風太郎忍法帖とは、「自分が生きていることに異和感を感じている」というこの鬼才がものしたエンターテインメントの殻をかぶった怖るべきパロディにほかならないのである。

が、〈十兵衛三部作〉の歴史のパロディ的な側面はともかく、〝忍法帖〟としては割合おとなしいのである。

まず、三部作のうちの第一作『柳生忍法帖』は、はじめ『尼寺五十万石』の題名で、昭和三十八年、内外タイムス他に連載がはじめられたものである。後に『柳生忍法帖』と改題されるが、原題、内容を見ても、はじめにこの作品を忍法帖にする意図があったか甚だ怪しまれる。

作者は、講談社版『山田風太郎全集』（昭和四十六年十月〜四十八年一月）の月報に連載されたエッセイ「風眼帖」の中で、自作について触れた箇所で、

柳生忍法帖

実はこの作品の主人公を柳生十兵衛とすることなど、書き出したときは予定外であった。だから新聞に書いたときの原題名は「尼寺五十万石」というのであった。超強力のグループ

に最も弱いグループが挑戦してこれを斃してゆくという発想だけであったが、途中、イヤ、やはりこういう物語には鞍馬天狗が必要だということがわかって来て、急遽十兵衛先生に御登場願った次第である。（傍点引用者）

と、記している。

ここで注意しておかねばならないのは、鞍馬天狗といえば、大佛次郎が「少年倶楽部」に連載した『角兵衛獅子』である。この作品で天狗は、非道な角兵衛獅子の親方から、杉作ら、みなし子たちを救《たす》けるやさしいおじさん、つまりは仮の父親の如き存在ではないか。しかし、天狗は幕末のヒーローであり、大佛次郎が創作した人物。この絶対的ヒーローを寛永に移し変えるには、柳生十兵衛しかいないということになろう。

『柳生忍法帖』の冒頭は、数ある忍法帖の中でもことさら凄惨無比である。

寛永十九年春、文字通り数珠つなぎにされた僧形の武士二十一名が馬に追い立てられ、鎌倉東慶寺の門前へ引き立てられるのが発端である。二十一名は、淫虐の魔王、会津式部少輔明成に反旗をひるがえし、御家を退転した元国家老堀主水の一族。そして彼らを追い立てているのは、賤ヶ岳七本槍ならぬ、会津七本槍衆で、彼らの名と技は次の通り。

具足丈之進……三匹の魔犬つかい
鷲ノ巣廉助……剛力無双怪力の手刀使い

大道寺鉄斎……くさり鎌の達人
司馬一眼房……変通自在の鞭の名手
香炉銀四郎……網使い
平賀孫兵衛……槍の達人
漆戸虹七郎……片腕ながら藩中随一の剣鬼

そして彼らは、駈込寺として男子禁制の東慶寺にいる堀家ゆかりの女たち——妻、姉妹、娘ら——の前で主水一族の男たちを嬲《なぶ》り殺しにしようというのである。

作中にもあるが、ここで少々、東慶寺について触れれば、現・神奈川県鎌倉市山ノ内にある臨済宗円覚寺派の寺院、「縁切寺」「駈込寺」「駈入寺」「松ヶ岡御所」などとも呼ばれる。山号松岡山。開山は北条時宗の妻、覚山尼。開基は北条貞時、弘安八年（一二八五）開創。寺伝では、開創時に縁切寺法の勅許を得たという。二世から四世までの住持の伝記は明らかではないが、五世には後醍醐天皇の皇女、用堂尼が入り、以後、足利氏ゆかりの女性が相次いで住した。中では、義明の女《むすめ》で十七世の旭山尼、高基の女で十八世の瑞山尼らが名高い。室町時代には鎌倉尼五山第二位に列せられ、小田原北条氏も厚く保護した。

そして江戸時代には徳川家康が百二十貫文の寺領を寄進。豊臣秀頼の女で千姫養女の天秀尼が入寺、寺法行使の力を強めた、とある。

会津七本槍衆は、その東慶寺にいる女たちを引きずり出して肉親の嬲り殺しを見物させ、あまつさえ、江戸へ連れて行こうというのである。

東慶寺の鉄鋲を打った巨大な山門は、駿河大納言が五十万石の門を引いて来たもので——これが原題の由来となっている——、何と怪力無双の鷲ノ巣廉助は、右腕をつき出し、指の力をもってこれを破ってしまい、堀家の女たちは肉親会いたさにまろび出る。

と、七本槍衆は女たちまで殺そうとし、五人の尼僧を槍で串刺しにしたではないか。

が、女たちがあと七人生きながらえているとき、この非道が止まったのは、ここに千姫が登場したからである。

そこに残された死体の山を見ながら千姫はいう——「いまだかつて破られたことのないあの女人の門を破った男どもは」「かならず女人の手によって罰が下されよう」と。

かくして女たちの仇討ち、すなわち、山田風太郎のいう「超強力のグループに最も弱いグループが挑戦してこれを斃してゆく」という物語の骨格が成立し、鞍馬天狗ならぬ柳生十兵衛が登場することになるのである。

余りにも、奇想かつ凄絶な発端だが、この物語、実は史実を基にしている。

寛永年間（一六二四〜四四）会津加藤家で起こった御家騒動、会津騒動である。

ここで『国史大辞典』によって騒動の経緯をまとめれば、寛永四年、伊予国松山城主加藤嘉明は、四十万石を与えられ、会津若松城に移るも、同八年、死去。四十一歳の嫡男・式部少輔明成が家督の相続を許された。会津騒動とは、この明成と嘉明の重臣であった支城猪苗代城代・堀主水との争いをいう。

嘉明の死後、明成と主水は、政事万般に渡って意見が対立。ある時、堀主水の従者と他の士の従者との間に争論が起きたとき、明成が理を非として主水の従者を罰し、そのことを訴えた主水の役職、嘉明以来の金の采配を取りあげたことから事件は起こった。

主水は、同十六年四月、妻子眷族従者三百余人を率い、槍・鉄砲を装備して会津を出奔。城下を出はずれる所では、若松城に向けて発砲したという。

その後、鎌倉から高野山を経て紀州徳川家に逃れたが、反転、江戸へ出て幕府大目付へ訴え出た。内容は、明成の大規模な城改築工事と関所の設置・警備のこと、大坂落城に涙し、剃髪に及ぼうとしたこと等であった。

同十八年、幕府は、訴えには道理があるものの、兵を挙げて出奔、橋を焼き落としたりしたことは君臣の礼に反し、国家の大法を乱すものであるとの裁決を下し、主水及び弟二名を明成に処罰させた。

二年後の同二十年、加藤明成は、会津四十万石を幕府に返上したが、会津城改築、飢饉と逃散による領地支配の動揺と並んで、この事件が致仕の一つの動機にはなったと考えられる。

明成は天性吝嗇《りんしょく》・聚斂《しゅうれん》をもっぱらとした暗君で、世人は加藤一分（一歩）殿と呼んだという評価もあり（『本朝武林伝』）、諫め役としての主水との対立という考えもあり云々と記されている。

小説の中で加藤明成は、暗君どころか、「偉大なる父というおもしがとれて羽根をのばしすぎたのか、あるいはその父に劣らぬ器量をみせようと虚栄をはりすぎたのか、気がついたときには、明成は四面呪詛の声のうちにある」淫虐の魔王であった。

そして「荒淫と残虐と――ひとたびこの凄じい悦楽の世界に魅せられた人間が、およそ想像し得るかぎりのことを彼はやった。／会津若松の城と江戸の屋敷に、秘密の蔵がたてられた。そのなかにおびただしい美女と美少年と――そして主君をいさめた少数の家来がつれこまれて、永遠に出てこなかった」。

作者は、その中で、唯一、明成に屈しなかったのが、国家老の堀主水であったと記す。そして、小説では会津退転後、堀の男たちは、高野山へ、女たちは東慶寺へと向い、男たちを捕えた会津七本槍衆は、女たちの目の前で男らを嬲り殺すという残忍極まりない趣向を思いつく。

そして前述の如く死人の山が築かれたのだが――。

何故『柳生忍法帖』なのか

生き残った堀家ゆかりの女たちは、

堀主水の娘お千絵
主水弟真鍋小兵衛の娘さくら
同じく主水弟多賀井又八郎の妻お沙和
主水の縁につながる板倉不伝の娘お鳥
堀家の家来、稲葉十三郎の妻お圭

同じく金丸半作の妻お品
お千絵の婢《はしため》お笛

の七人である。

だが、女の細腕でいかにしてあの妖魔の如き、会津七本槍衆を斃せようか。

そこで千姫が呼んだのが沢庵であり、その沢庵が連れて来たのが、腰に愛刀三池典太をたばさむ柳生十兵衛三厳《みつよし》である。〈十兵衛〉三部作の第二作『魔界転生』にも「ゲームのルール」なる章があるが、ルールは既に本作にある。それは、仇討ちはあくまでも女たちの手で行わねばならず、十兵衛はどこまでも助っ人であり、兵法、軍学指南であり、敵と相対するときは、身分を秘すために鬼女の面をつけねばならない、という設定である。

女人たちの戦いをいくつか紹介しておくと、第一に仇を討たれるのがくさり鎌の達人・大道寺鉄斎だ。場所は吉原大門を出た堀沿いの道。はやる鉄斎、一人の鬼女が桶の中へ身を隠したと見るや、くさり鎌の分銅でこれを破壊するが、その中にあったのは巨大な竹籠。細かく編まれた竹籠は分銅をくわえこみ、容易にこれを離さない。と、背後から五人の鬼女が現われ、鉄斎、真ん中の鬼女を狙って、大鎌を投げるが、黒装束が揺れて般若面が落ち、そこからのぞいたのは、庄司甚右衛門が建立した金精《こんせい》大神霊、すなわち、六尺近い石柱の陽根ではないか。鎌は石にめりこんで動かない。そして、四人の鬼女といつの間にか桶の中から現われた三人の鬼女がいっせいに「鉄斎覚悟!」と殺到して来て彼は絶命する。

そのときの鉄斎の心情を作者は次のように記している。

鎖をはなせば、自分にも大刀があることを知っている。しかし、くさり鎌に生きる大道寺鉄斎は、そのくさり鎌を殺された以上、別人のごとく自失した老いぼれにすぎなかった。

極悪非道の徒といえど、鉄斎は、一介の武辺者であった。

そして、ここで注意を喚起しておきたいのは、鉄斎と堀の女たちの勝負が、真っ当な得物を使っての勝負であり、忍法の入り込む余地のないものであった、ということだ。確かに二つの集団の戦いというのは忍法帖の基本的構図だが、いくら女たちの指南役が十兵衛だといっても、彼が忍法を教えられるわけがない。しかるに、何故『柳生忍法帖』なのか。

それを検証するために、女たちの戦いを見ていこう。

さて、二番目に斃されるのは、槍をもてば魔神の如き働きを見せる平賀孫兵衛である。堀の女たちは、寛永十五年、将軍家光が沢庵和尚のために建てた品川の万松山東海寺で十兵衛から兵法の指南を受けていたが、ある時十兵衛とお鳥が、東海寺へ帰るところを三匹の魔犬をあやつる具足丈之進に見つかりそうになる。丈之進は後、お品に倒されるが、一人だけでも面倒なのに、そこに孫兵衛が加わり、十兵衛は、魔犬のうち二匹を殺した。一方、お鳥は、孫兵衛の朱槍の上をいっきにかけわたってくる。

その折の孫兵衛の心情を作者は次のように記している。

うろたえて、その槍を斬る気になった。むろん、こちらにかかった槍の柄をきりはなせば、彼女は堀に転落するだろうと判断してのことだ。が、その槍は、彼の命よりも大事にしている朱柄であった。そこに迷いが生じた。

その一瞬遅れて槍を切ったとき、お鳥は宙に飛んで「おまえは、おまえのいのちを斬った!」と孫兵衛の脳天を両断するのである。

この孫兵衛といい、鉄斎といい、己れの愛する得物のために命を落としているではないか。そして十兵衛は、「おれの手で犬を二匹斬ったことさえ、実は相すまんことをしたと思っているくらいだ」と、あくまでも、この仇討のルールに固執する。

だが、そんなルールすら忘れさせる戦慄が会津藩上屋敷の地下にはあった。敵地に潜入し捕われたお圭と十兵衛は、地獄=死の穴に落とされる。

二人は辛くも脱出。とまれ、堀の女と加藤明成、会津七本槍衆との闘いは、会津と千姫との全面戦争の体を成し、明成は、会津へと逃げるようにして帰ることに。

物語は、追いつ追われつ、陽動作戦等を駆使しての道中ものとなっていくが、堀の女たちを守るのは、十兵衛以外にも、沢庵が信じきった天空海闊《かいかつ》の禅僧、多聞坊、雲林坊、薬師坊らが加わることになる。

加藤明成は、この間にも下総古河の本陣の娘おとねを駕籠の中で嬲り尽くすなど、その悪業はとどまるところを知らず——が、そこに現われたのは、日光輪王寺から江戸へ帰る途中の天海大和尚。そしておとねを救うものの、この天海と会津七本槍衆を束ねる芦名銅伯のあいだには、天下の大秘事あり。

また一方、武州栗橋の渡し小屋でも、下野氏家の地蔵堂でも、堀の女たちは我知らず十兵衛への母性を抱くようになる。

が、この道中、決してそのような安らぎに満ちたものではないのはもとよりのこと。

お品とお鳥が、鷲ノ巣廉助に見つかってしまい、双方から斬りかかるものの、

> そのふたりの眼のさきに、凄じいひかりがひらめいた。それは交叉したじぶんたちの剣光ではなく、そのまえに平気でぬっと顔をさし出した鷲ノ巣廉助の眼光であった。
> 「おおりゃっ」
> 獅子のような咆哮とともに、二条の刃は宙にうごかなくなった。——鷲ノ巣廉助は両腕をひろげて、裸の掌で、その名のごとく刀身をむずと鷲づかみにしていた。
> なんたる鋼鉄の筋肉か。——いや、たんなる皮膚の強靱さではなく、おそらくこれも人間業とは思えぬ技のひとつであろう。

という事態が出来する。

忍法帖といえば、ここがいちばん忍法に近いと見るべきか。何故なら、風太郎忍法帖に登場す

る忍法は、人間の身体能力をデフォルメしたところで成立しているからだ。一体、刃を素手で摑める人間がどこにいよう。

だが作者は敢えて忍法ではなく、「おそらくこれも人間業とは思えぬ技のひとつであろう」と、これを身体能力の凄まじさに回帰させているのである。

そして、お品とお鳥を救うのは、十兵衛ではない。多聞坊と雲林坊である。二人ははやる十兵衛をいさめて、「では、ちょっと、その刀を貸してもらおうか」といい、「御坊ら、その（注・刀の）使い方を御存じか」と問う十兵衛に「知らぬ、知っているのは禅ばかり」「じゃが、剣禅一致とは、沢庵和尚おとくいのおん教え――ひとつ、十兵衛どのに、その真髄を見せてやるか」「では、ソロソロと参ろうか、雲林坊。剣難はわれらが引き受けると冗談を申したら、どうやらひょうたんから駒が出たようじゃの」「ちがいない。しかし、済度せんとするのは窈窕《ようちょう》たる女人、いや、これはわれら生まれてはじめての女難かもしれぬぞ」

と、笑いながら死地に赴く。

そして、二人の僧は一瞬のためらいもなく敵を倒して死んでいく。

『戦中派不戦日記』の〝電流のようなもの〟

この箇所での十兵衛の役割を作者は次のように記している。

全身の毛を逆立てつつ、十兵衛は茫然としてそれ（注・多聞坊と雲林坊）を見送るばかりであった。

傍観者としての剣豪――。

そして二人の女人ばかりでなく、十兵衛までをも救った禅僧の死。

私は幸運にも、幾度か、山田風太郎邸で、この鬼才から話を聞く機会を得た。何かの折に話が太平洋戦争のことになったとき、鬼才は一度だけ、声を荒らげて次のようにいったことがある。

「もし、あの戦争が間違っていたというなら、あの戦争で死んだ人間は無駄死か」

それがあまりに唐突だったので、少々、びっくりしたが、そういい終えると、鬼才はすぐ、もとの温厚な口調に戻られた。

そして、傍観者といえば、昭和二十年の記録である『戦中派不戦日記』。昭和十九年、召集されたものの、肋膜炎のために徴兵検査をハネられた山田風太郎は、自分と同世代の若者が戦地へ、また、少し年上の者が特攻隊として送り出されるのを記録しつづける傍観者として生きていく。

山田風太郎自身もこの日記の〝まえがき〟や〝あとがき〟の中で次のように記している。

いわく「ただ私はそのドラマ（注・太平洋戦争）の中の通行人であった。当時は満二十三歳の医学生であって、最も『死にどき』の年代にありながら戦争にさえ参加しなかった」

いわく「なお忸怩たらざるを得ないのは、結局これはドラマの通行人どころか、『傍観者』の記録ではなかったかということであった」

ここで、その傍観者が、昭和二十年、最も感動した情景の記述について記しておくと、これは衆目の一致するところだろうが、誠也青年が三月十日の空襲を逃れてきた人たちと出会う次の箇所であろう。

防空壕にひそんでいるのも危険だという。逃げ遅れて蒸焼きになった者が無数にあるという。早く広場を求めて逃げることだという。

しかし、爆弾なら、地上に立っていれば吹き飛ばされてしまうだろう。低空で銃撃でもされれば、広場では盆の上の昆虫の運命を免れまい。

彼らもそのことはいった。そして、——

「——つまり、何でも、運ですなあ。……」

と、一人がいった。みな肯いて、何ともいえないさびしい微笑を浮かべた。

運、この漠然とした言葉が、今ほど民衆にとって、深い、凄い、恐ろしい、虚無的な——そして変な明るささえ持って浮かび上った時代はないであろう。東京に住む人間たちの生死は、ただ「運」という柱をめぐって動いているのだ。

水道橋駅では、大群衆が並んで切符を求めていた。みな罹災者だそうだ。罹災者だけしか切符を売らないそうだ。

「おい、新宿へ帰れないじゃないか」

二人は苦笑いしてそこに佇んだ。

焦げた手拭いを頬かむりした中年の女が二人、ぼんやりと路傍に腰を下ろしていた。風が吹いて、しょんぼりした二人に、白い砂塵を吐きかけた。そのとき、女の一人がふと蒼空を仰いで

「ねえ……また、きっといいこともあるよ。……」

と、呟いたのが聞えた。

自分の心をその一瞬、電流のようなものが流れ過ぎた。

数十年の生活を一夜に失った女ではあるまいか。子供でさえ炎に落して来た女ではあるまいか。あの地獄のような阿鼻叫喚を十二時間前に聞いた女ではあるまいか。

それでも彼女は生きている。また、きっと、いいことがあると、もう信じようとしている。

人間は生きてゆく。命の絶えるまで、望みの灯を見つめている。……この細ぼそとした女の声は、人間なるものの「人間の讃歌」であった。

そしてここで十兵衛＝山田風太郎＝傍観者という等式が成り立てば、十兵衛と山田風太郎の自己同一化という考えも成立することになる。

傍観者十兵衛と二人の女人に対し、何のためらいもない二人の禅僧の完璧に補完し合う生と死——。

その〝電流のようなもの〟が何であったのか——敢えて結論は急がず、ここでは話を『柳生忍法帖』に戻すことにしよう。

物語の舞台は会津へ移る。

さて、会津へ戻った明成を迎えたのは、堀一族の討伐によって、俄然、息を吹き返した芦名衆の頭領・芦名銅伯と、明成の御国御前おゆらの方である。

芦名銅伯と天海大和尚との間に大秘事ありと書いたが、天海僧正は白、銅伯は黒と、髪と髭の色こそ違うが、二人は瓜二つ。そしてここに、銅伯は恐るべき秘事を語りはじめる。

すなわち、天海と銅伯は、いまから百七年前、天文五年正月一日、会津黒川――いまのこの若松の南二里、高田城の城主芦名兵部景光の子として生まれた双生児であった。天海は兵太郎、銅伯は法太郎と名付けられるが、銅伯は生まれて三日目に母の乳房をことごとくかみちぎってこれを殺し、以後、何人もの乳母を同様の目にあわせた。一方、天海は、生まれて以来、一度として人間の女の乳をのまず、のめばことごとく吐き出したという。

かつ、みどり児の頃、銅伯の泣く声は狼の吠え声に似、天海のそれは、無名の一雲水が首をかしげ、あの御子は法華経を誦《ず》しておられる、とつぶやいて去ったという。

二人はよく争い、このままではどちらかが命を失うと案じた父が、天海が十一の折、高田の古刹道樹山竜興寺に入れ、僧とした。

爾来、百年近く、一方は、ありとあらゆる武術兵法に心魂を燃やしつくし、果ては幻法をすら体得、一方は大僧正として仏法のしもべとなる。そして奇怪なるかな――双生児の血をもとにして生まれた天海、銅伯、一方が死ねば、必ずもう一方も息絶えるという。

銅伯が奇怪な夜語りをしている間にも、会津七本槍衆と堀の女との闘争は続いている。お沙和と鞭使い司馬一眼房との戦いは、辛くもお沙和の勝利に帰し、蛇ノ目は二つ。そしていま再び、沢庵の弟子僧、嘯竹坊、竜王坊、薬師坊の完璧な死によって、堀の女たちは芦名衆から逃れていく。

彼らはいう――「死ぬも修業のひとつでな」と。そして作者は記す。

そもそも、七人の女の復讐が、彼らの静寂平穏な人生にとって何の意味があるのか。七人の女自身がそれをうたがわずにはいられない。それなのに、坊さまの方は、何の疑いもない至極当然のこととし、まさに「修業のひとつ」のごとく死んでゆくのであった。

死を疑わぬ心の哀しきや――。

そして私はこの項の最後に、作者が『戦中派不戦日記』で感じた〝電流のようなもの〟の正体を書いて結びとしたい。

それは一言でいってしまえば、母の死をひたすらに引きずっている自分とは、まったく別の日本人――絶望のすぐそばから希望を抱かずにはいられないそれの発見ではなかったのか。そしてこの懲りない日本人たちは、ちょうど〝忍法帖〟がベストセラーとなったのと同時期、高度経済成長というとてつもない奇蹟をやってのけるのである。これぞ、戦後日本の大衆が鬼才山田風太郎に向けて放った大忍法でなくて何であろうか。

〝風太郎忍法帖〟破れたり！

この事実に私は愕然とせざるを得ないのである。

『魔界転生』のアイデア

『魔界転生』は、はじめ『おぼろ忍法帖』の題名で、昭和三十九年十二月から四十一年二月まで大阪新聞他に連載され、同作品が角川文庫に収録された際、『忍法魔界転生』と改題され、さらに『魔界転生』と二度、改題された。

何故このような改題が行われたかは、後に述べるとして、まずは『柳生忍法帖』を論じたときと同じく、「風眼帖」に記された作者の自作裏話を引いておこう。

おぼろ忍法帖

右に述べたように（注・先に引用した『柳生忍法帖』のこと）、使う気のなかった柳生十兵衛を、こんどは始めから主人公とするつもりで書いた小説だが、この小説の根本アイデアを着想したとき、私は思わず「しめた！」と手を打ったことを憶えている。私にとっては珍らしい現象だ。しかもこの新聞小説の予告が出たときは、まだ明確にこのアイデアが脳中になかったのである。そのため忍法帖ならどんなことを書いても通用しそうな題名をつけたのだが、これは結果においてうまくなかった。何でも通用しそうな横着な題名が、この小説に限ってまったく異質なものになったからである。

それはそれとして、もし出来るなら私は柳生十兵衛を主人公とするもう一つの長篇を書いて、これを以て三部作としたいのだが、この「おぼろ」に匹敵するアイデアが容易に浮かばなくて、そのままになっている。あるいは、この望みは永遠に叶えられないかも知れない。

はじめの題名が『おぼろ忍法帖』であること、既にこの時点で〈柳生十兵衛〉三部作の構想を持っていたことは、これを読めば分かる。

しかしながら、作者は『おぼろ』に匹敵するアイデアが、無意識に『柳生忍法帖』の中に示されていることを気づいていない。このことは『柳生十兵衛死す』を論じるくだりで記していこうと思う。

さて、話を『魔界転生』に戻すが、この物語も、『柳生忍法帖』同様、史実に基づいている。しかしながら、会津騒動を知らなくとも島原の乱、由比正雪の乱を知らぬ人はいないだろうから、ここでは、その詳細は書かない。

物語は、その由比正雪の乱の十三年前、寛永十五年は三月一日の島原の乱の終結時からはじまる。その夜、由比民部之介は、宮本武蔵を訪ねて己を売り込もうとするが、武蔵と彼が連れていた少年伊太郎、そして民部之介が見たものは——。

死を伝えられた乱の首謀者で小西行長の遺臣の一人、森宗意軒が、追手を前にして連れていた二人の裸女に刀をふるったのである。すると女の身体に血がにじみ出し、次に網の目のようなひびが入り、

「あーっ」

悲鳴をあげたのは、女ではない。武者たちだ。

そこに彼らは、実におのれの眼を疑う光景を見た。女のからだが裂けたのである。割れたのである。はじけたのである。全身の網目から白い皮膚が卵の殻みたいに剝げおちて、その内部から、べつの人間がニューッと現われてきたのである。

むろん、はだかの人間だ。それが女のからだを押しわけるように現われて、なおふくれあがってきたところを見ると、男であった。髭すらはやし、筋骨たくましい壮年の男の裸身であった。……何が、どうなったのかわからない。彼を「孵卵《ふらん》」した女は、皮膚の残骸に似たものを枯葉みたいにその足もとに積んだようだが、どこに消えたのかわからない。

もうひとりの女が、地におちていたかいどりと刀をひろって、彼にわたした。

すると、「卵生」した男は地からわき出すような声で「来い。——来い。——地獄へ来い」といいつつ、追手の武者たちを大根でも切るように殺戮しはじめたではないか。

それを見た武蔵が信じ難いことばを口にする——「あれは」「たしかに荒木又右衛門。……」と。

そして、宗意軒がもう一人の女人に刀をふるうと、そこから現われたのは、天草四郎。この怪異を見るや、民部之介は、今度は、宗意軒に己を売り込み、四人は筏に乗って、有明の海の水平線の彼方へ去っていく。

魔界転生とは、死期迫ってなお超然の気力体力を持ちながら、おのれの人生に歯がみするほどの悔いと不満を抱いている、もう一つの別の人生を送りたかったと切望している人物が、深く恋慕している女と交合し、一と月後、女体を破って甦えるも、その身は魔人と化しているというもの。なお、その女体にはあらかじめ、術をかけておかねばならず、はじめこそ子宮に男を宿すが、やがてその子宮を溶かして腹腔にて育ち、ついにはその体内すべてが子宮と化して、卵を割るが如くに人を産むようになる、という。無論、女人は生きてはいない。

彼らはことごとく魔界衆と化す。

荒木又右衛門は、鍵屋の辻の仇討ちで助太刀をしたが、これは、大名対旗本の抗争であり、大名方としてはこの争いを止めるため、又右衛門を旗本方の復讐から保護するといいながら、実際は僻遠の地、鳥取に幽閉された。この意外な待遇に対する憂悶のために病死した無念から。天草四郎は島原の乱の怨恨から。田宮坊太郎は、自分を想う娘も顧みず、仇討ちと剣だけを思いつめた荒涼たる青春への後悔から。宮本武蔵は、一生女を知らずに道を求めて悪戦苦闘。六十二年の命の果てに得たものが、哀れ、三百石の捨扶持のみ、残ったものは惨憺たる空《くう》の思いが故に。

宝蔵院胤舜は、五十を過ぎても七日に一度は強烈な夢精を行うほどで、この精がたまり、極限まで達したとき、異常なまでの槍の能力を発揮することに気づき、ストイックな果ての狂気に陥らんばかりになった。

柳生但馬守は、伜・十兵衛の奔放無頼な性格が柳生家の将来を危うくするのを怖れ、その実、十兵衛との立ち合いを望む。

そして、柳生如雲斎は、尾張柳生が柳生の正統であるにもかかわらず、政治にはしった江戸の柳生一門が、柳生新陰流の本流のごとき顔をしていた。

魔界衆と化した彼らを束ねる森宗意軒には、もう一人、魔人に落としたい男がいた。それこそ他ならぬ柳生十兵衛だ。十兵衛を評して宗意軒はいう。


それが、この宗意軒にも実にえたいのしれぬ奴、放蕩無頼、女が好きかと思えば、三十なかばになってまだいちども心そこ惚れた女を持ったことのないような男、一万二千五百石をみずから棒にふって、何か世を白眼視しておるかと思えば、のほほんとして、うれしげに空の雲ばかり見ているような男。


しかしながら、十兵衛は、魔界衆として再生することを拒んでいる。あたかも、母以外の胎内から生まれてくることを拒否するが如く——。

実は魔界転生には、一人につき宗意軒の指一本が必要で、十兵衛を魔界に落とすべく、クララ、ベアトリス、フランチェスカの三人のうち、フランチェスカに一本の指を渡し、旅立たせる。そして宗意軒が幕府転覆の陰謀のパトロンとすべく画策しているのが、紀州大納言頼宣である。

敵の顔触れが揃ったところで、何故、本書が次々と改題されていったのか、その経緯を考えてみたい。

『おぼろ忍法帖』が『忍法魔界転生』へ改題された理由は、先に引用した自作裏話を見れば分かるだろう。だがそこからさらに『忍法』の二文字を取ったのは何故か。確かに魔界転生は、山田風太郎が考えた忍法の中でも最大級のものであろう。しかしながら、この忍法は、十兵衛を倒すために用いられるものではなく、あくまでも十兵衛と武芸者同士の勝負を行う強者たちを復活させる手段として用いられるものだからではあるまいか。

天草四郎は忍法髪切丸を用いるが、『魔界転生』は、これだけの大忍法が行われていても、基本的には武芸者同士の技による対決の世界だからであろう。

そしてここで話を物語に戻せば、十兵衛を堕とすべく柳生谷に赴いたフランチェスカお蝶は、一刻もたたぬうちにあえなく殉教。

一方、森宗意軒は、紀伊頼宣の寵臣・牧野兵庫を介し、頼宣に転生を勧めたのである。その忍体の候補として選ばれたのが、紀州藩剣法指南で、かつ柳生の高弟でもある木村助九郎の孫娘お縫。同じく剣法指南の田宮平兵衛の孫娘お雛。そして柔術指南・関口柔心の娘おひろである。彼女たちは柳生谷で十兵衛の下、修業を積んでいるので並の男が勝てる相手ではない。

が、助九郎をはじめとする三人の男たちは、牧野兵庫の屋敷のあずま屋の地下で、宝蔵院胤舜と荒木又右衛門が、家中の娘たちを嬲り殺しにしているのを見、馬上の人となり、三人の娘とともに十兵衛の下へ急ぐ。

その途中で田宮平兵衛は、田宮坊太郎に、関口柔心は荒木又右衛門と宮本武蔵に倒され、木村助九郎は、但馬守のために瀕死の重傷を負いつつも、娘たちに次いで辛くも柳生庄へ辿りつく。

この間の疾走感と、対決毎に挿入される剣客らの挿話は、本書が忍法帖であることを忘れるほど、本格的な剣豪小説の興趣に満ちている。

そして、助九郎は十兵衛に魔界衆の存在を知らせるが、「……まだ、二人、ござる」と、自分を斬った但馬守と如雲斎の名を告げずにこときれる。

これを受けて、大胆にも十兵衛は、松平伊豆守の公儀隠密御用と称して頼宣と牧野兵庫の前に推参。そして魔界衆も、このくだり、「ゲームのルール」という章で、十兵衛が魔界衆に堕ちればよし。さもなくば、

「われら、一人ずつ、十兵衛と立ち合おうと存ずる」

「一人ずつ?」

「七人がかりでは、この遊び、面白うない。——」

「遊び?」

「そもそもわれらはなんのために和歌山に来たか。江戸の張孔堂どのが一旗あげられるまで、ここに待機しておれとのことでござりましょうが、待つ、それだけのことでは退屈して——そのあげく女の血にもうげっぷの出るほど飽きかげんなのは、ここにおる転生衆の顔を見ればわかります。十兵衛相手のこの剣法遊びは、これは退屈しのぎの絶好の遊びで」


ということになる。

かくして西国札所を次々と血に染める対決がはじまるわけである。

ここで、この論のそもそものテーマである、〈柳生十兵衛〉三部作を十兵衛と女たちとの物語である、とした視点に立ち戻って話を進めていきたい。

そもそも、この作品に登場する女たちといえば、魔界転生を望む男たちの忍体となるべきそれ――作中で男が恋慕した相手とされるが、真にそうであるのは田宮坊太郎や宮本武蔵くらいで、その他の女は、ほとんど欲望の対象であり、男を魔界衆として転生させた後は、皆、残骸となって消えてしまう――。祖父または父の仇を討たんとする三人の武家娘、森宗意軒があやつる怪異な三人の切利支丹女である。

この三つのカテゴリーのうち、後の二つは敢えて類型として描かれており、さらに厳密にいえば忍体のうち、確固たる意志を持っているのは田宮坊太郎の相手お類くらいのものであろう。忍法帖の世界でなく、私たちの暮らしている極く普通の世界では、子供は母親から産まれる。しかしながら、山田風太郎は、本書において、あたかも産む性としての母親を全否定しているかに見える。

忍法帖最高傑作誕生の裏には

では、改めて山田風太郎にとって、母とは何であったのか――。

くどいようだが、ここで客観的資料ともいうべき中島河太郎編の「山田風太郎年譜・著作目録」を見ていくと、次のようになる。

昭和十年（一九三五）　十三歳　兵庫県立豊岡中学校に入学。二年生のとき、母死去。学校は剛毅をモットーとしており、在学中途で日華事変にあったので軍国主義教育を受けた。その反撥からいわゆる不良少年となり、三度停学を命ぜられた。その当時の不良仲間が四人いた。（注・仲間を呼ぶ符牒は、それぞれの暗号名で）雲太郎、雨太郎、雷太郎に、著者の風太郎である。

そして思い出していただきたい。『風眼抄』に記された次のくだりを。

以後、私にとって薄闇の時代が始まる。この年齢で母がいなくなることは、魂の酸欠状態をもたらす。その打撃から脱するのに、私は十年を要した。この十年ばかりの悲愁の記憶は、いつの日か私が死ぬとき、総括して私の人生は決して幸福ではなかった、という感慨をさえ持つのではないか、と思わせるものであった。

が、本当にそうだったのだろうか？
このエッセイが書かれた昭和五十四年といえば、明治開化ものの第四弾『明治断頭台』が刊行された年で、五十七歳、作家として最も脂の乗り切っていた頃であろう。

そして、私が後に風太郎邸にお邪魔するようになってからも、美しく料理上手な奥様と、子供にも恵まれ、作家としての地位も赫赫《かっかく》たるもので、どう見ても自分の人生を否定しているようには見えない。だが、人の本心までは分からないといわれればそれまでだが、母の死によって愛情というものを感知する能力が人より、欠落してしまった、ということはいえるかもしれない。たとえば、死後刊行された、昭和二十六年から二十七年の記録『戦中派復興日記』の昭和二十七年五月二十日の項に次のようなくだりがあるからだ。


　僕は幼くして死んだ両親以外に愛されたことはない。あわれまれて、次に憎まれて、次に恐れられて、最後に尊敬された。愛されることは男にとって恥辱かもしれない、しかし、僕の生涯は寂しいものであった。啓子もおそらく右の四感情のうちをてんめんしているだけであろう。（結婚確定の翌日にもうこんなことを考えてる）（傍点引用者）

と記し、十一月十日の項には「啓子との結婚中止す。いままでの惨澹たる努力水泡にきす。ばかげたことをやったものなり。（注・実際はこの後、結婚をする）」と記し、「モーム『人間の絆』面白し、主人公の境遇と思想余《よ》に何ぞひとしきや」と続けられている箇所では、寂寥の中に生まれた己の愛におののくさまが吐露されている。

傍点をふった箇所こそ、愛情の感知の欠落ではないのか。しかし私は、鬼才自身の口から、

「僕は人間は皆、善人だと思っているから、（結婚は）顔で選ぶしかなかった」と、幾度もノロケめいたことを聞かされている。

また一方で「自分はモームが好きでね」といわれたとき、私は『人間の絆』――モームの自伝的作品で、主人公フィリップは、幼くして両親を亡くし、牧師である叔父に育てられるが、いつしか信仰心も失い、精神的彷徨の果て、山田風太郎が医学生から作家へ転じたのと同様の道を辿る――をどれほど切ない思いで読んだか、胸がふさがれるような思いがした。

とまれ、このような精神的バックボーンを考えると、魔界衆の再生の仕方を考える一助となるのではあるまいか。鬼才の屈折した心情は、しかしながら、そのおかげで忍法帖の最高傑作を生んだともいえよう。

そして、前述の如く『柳生忍法帖』の折から柳生十兵衛を鞍馬天狗といっている点――山田風太郎は、郷里の村で唯一、「少年倶楽部」をとってもらっていたが、鞍馬天狗の少年物の最高傑作『角兵衛獅子』は「少年倶楽部」の連載で、リアルタイムではなく、親類の家で読んだといっているから、恐らく、父母が亡くなってからであろう。そして心淋しき山田誠也（本名）少年を慰めてくれたヒーローだったのではあるまいか。

そして、「少年倶楽部」といえば、もう一篇、吉川英治の『神州天馬侠』を山田少年は愛読していたという。

「大魔力」（『吉川英治全集月報』一九六八年十月）というエッセイで、忍法小説の第一作「甲賀忍法帖」を書こうとしたとき、「忍法帖」としようか「忍術帖」としようか迷い、『神州天馬侠』

の中に「忍法試合」なることばが出てくるのを知って、他に覚えがないから、その語源はここにあったと推測するしかない、と記している。

また、あるとき、鬼才はこうも私にいわれた。

「百年後まで残る小説があるとするなら、夏目漱石と『宮本武蔵』だね」

何故ですかと私が尋ねると、

「漱石ほどむずかしいことを平易に書いた作家はいないからね」

といい、私が吉川英治の『宮本武蔵』について尋ねると、

「実に上手いよ、佐々木小次郎の贋者を出してからホンモノを登場させるところなんて」

と答えるではないか。

例の、本位田又八が佐々木小次郎が落とした免許皆伝書を拾い、「我こそは佐々木小次郎なり」とやっているとホンモノが現われ、

「それでは私は誰であろうか」

と、又八の肝をつぶさせる、あの場面である。

実は、山田風太郎は、幾つかのエッセイで『宮本武蔵』の矛盾点や、時代とのかかわりなどを指摘しており、このくだりも大衆小説の常道の一つで、決してずば抜けて面白い箇所とも思えない。

そこで思い出したのが、作家のいうことをすべて真に受けてはならないという鉄則である。

普通、剣豪小説の場合、主人公の父のことは描かれても、母のことは描かれない。だが、宮本

武蔵の場合は違った。しかも、武蔵は母に捨てられた子ではなかったか。

そして山田風太郎が魅かれたのは、甘えることを許さぬ父に反して、母ばかりが慕わしく、九歳のとき、母から（オオ、大きゅうなったの）といわれたいばかりに、家出をして播州の母のところへいくも、（帰っておくれ、お父上の所へ――）と掌をあわせられた絶望感――そして宮本村へ連れ戻され、父の無二斎から、さんざん打擲《ちょうちゃく》されたこと。かてて加えて、その母が病を得て死んだことを知り、手のつけられない暴れン坊になっていったこと等々、であったと思われる。

そして、武蔵が母を失った子であるからこそ、十兵衛との対決は最後に来なくてはならないのである。

鬼才はかつて深作欣二が監督した『魔界転生』の試写を見て、「映画が終わったら監督と握手ぐらいしなけりゃと思っていたんだけれど、とてもできなかったよ」と語ったことがある。

この映画で、十兵衛と武蔵との対決は中盤、見どころは人外の化生と化した但馬守を演じた若山富三郎の所作とチャンバラくらいだった。そして、何故かリメイク等の場合でも、皆深作作品を踏襲して、ラストは十兵衛と天草四郎の対決となってしまう。原作の本質を摑んでいないことのこれは証左であろう。

そして話を小説に戻すと、いま一度、母から生まれることのできなかった魔界衆、最後の一人である宮本武蔵は、もはや風太郎作品と吉川英治作品のあいだをつないで、母を失った哀しみを知る唯一の剣客である。その武蔵との対決の場は、船島。

「偶然であろう」

と作者は記すが、何が偶然なものか。

最終章の題名「魚歌水心」は『宮本武蔵』の最終章のそれ「魚歌水心」とまったく同じであり、二人の剣豪の試合の段取りから小見出し、文字数等々、山田風太郎は、すべて『宮本武蔵』と同じになるように筆を運んでいる。

武蔵はいう。

「ばかなことを。——わざと遅れて、この武蔵をあせらせようとしても、その手はくわぬ（以下略）」

「——十兵衛、負けたり！」

しかしこうもいう。十兵衛の動きを見て、

「但馬の倅。……さすがじゃ」

「どこまでも、豊前の船島の故智を学んで来たと見える」

そして武蔵は、小次郎との対決のときと同じく、四尺七、八寸の木剣を宙天にあげ、自身の背丈とも加えて、実に一丈の高さを一個の大魔剣そのものに変え、スルスルと砂の上をすべってくる。武蔵から繰り出される電光の一撃——。

しかし十兵衛は、その下を三歩踏み出し、彼の刀身は辛くも、武蔵の臍から背中へと突き出している。と、武蔵の木剣はどうしたかといえば、こちらは、きっさきから柄まで、垂直に斬られて裂けているではないか。

——頭上に落ちてくる木剣を、十兵衛は見ていなかった。ただ太陽を一眼のまぶたに受けて、まぶたの上にさす一点の鳥影のごとき木刀の影によって、その角度と速度をはかって、前へ進んだのであった。

十兵衛の刀身は、木剣を縦に斬り、そのまま武蔵を縦に斬った。この離れわざ以外に、この場合に、武蔵をたおす法はなかった。——とはいえ、それは彼が斬ったというより、武蔵自身が、おのれの木剣とからだの速度で斬られたといっていい。——

と勝負は決する。

これは武蔵にとっては救済ではなかったのか？

一方、十兵衛はといえば、

十兵衛は、いちどふりむいて、かすかに白い歯を見せて、うなずいてみせたが、しかし彼を乗せた小舟は、渺茫《びょうぼう》たるうねりを送る蒼い波濤を、そのままいずこともなく漕ぎ去っていった。彼自身も東の方へ。満潮のかなたへ。

ひどく虚しい顔をして。——

柳生十兵衛はどこへゆく。（傍点引用者）

すべての魔界衆を倒して、何故、十兵衛はむなしい顔をしているのか？　武蔵ほどの剣豪を葬ったからか。いや違う。

ここで作者の思いは明らかに二極に分かれてはいないか。一方の極は、少年の日、自分の淋しさを慰めてくれた鞍馬天狗＝柳生十兵衛と、もう一方は母に捨てられた剣豪宮本武蔵とに。

鬼才はいった。中学二年のとき、母親が死んだために自分の人生はそれを閉じるときに不幸であったと総括されるであろうと。

あの母の死が自分にとっての裏切行為であるとまで極論すれば、女を忍体としてしか見ぬ魔界衆の恐ろしさはあるいは理解されるやも知れぬ——。

そして自分の分身の一つである宮本武蔵には、唯一救済を与えている。

だが、十兵衛はどうだ。

山田風太郎は、十兵衛を乗せた小舟は東へ向かったと記している。

これがもし、西であるならば西国浄土になろう。救済もあろう。実際、十兵衛は短命であり、西と書いておけばよかったはずだ。

それを東と書いてしまったことで、作者は〈柳生十兵衛〉三部作の必然性を考えたのではあるまいか。

そして『柳生忍法帖』から数えて三十年目に、遂に十兵衛を救済する『柳生十兵衛死す』が登場するのである。

完結篇『柳生十兵衛死す』

〈柳生十兵衛〉三部作の完結篇、『柳生十兵衛死す』は、一九九一年四月一日から九二年三月二十五日まで「毎日新聞」に連載された作品で、九一年三月二十五日、山田風太郎は「連載にあたって」で次のように述べている。

柳生十兵衛の死については、二、三の記録がありますが、要約すると「慶安三年三月二十一日、山城國相楽郡大河内村弓ケ淵において死す。奈良奉行出張して検屍す」と、あるだけです。

現代の検屍とは意味がちがうでしょうが、当時十兵衛は小なりとはいえ一万二千石の大名で、これを検屍するとはただごとではありません。

ともあれ、最強の大剣客柳生十兵衛を死に至らしめたものは何か。これは私のSF的解釈による物語です。二百五十年ほどの時空を飛ぶ物語ですが、このタイムマシーンに日本古来の「能」を使うアイデアがミソであります。幽玄の世界におけるチャンバラが書けるといいのですが……乞うご笑読。

実際、十兵衛の死因は横死といってよく、極端なものでは毒殺説もあるくらいである。

本書の第一章たる「山城国大河原」で、十兵衛は、見事に斬られた屍体として発見され、十兵衛の刀はたっぷりと血ぬられているのに、その相手の姿はどこにも見えず、家臣は「殿の、ただひとつのお目がつぶれて、ひらかぬはずのほうのお目がひらいておる！」という。

そして作者は、「ああ、彼らの信ずるところによれば、当代最強の剣人柳生十兵衛、それを斬った人間は果たしてだれか？　／以下は、この顚末に至る物語である。――」

と、本書が十兵衛殺しの犯人を捜すミステリーであることを記している。

そして作者は、このアイデアを思いついた時、嬉嬉たる思いに包まれた。それは、本書が十兵衛の死を描いているのにもかかわらず、三部作の前二作『柳生忍法帖』『魔界転生』と較べると、かなり陽性の筆致で物語を進めていることからも分かる。そしてこのアイデアは物語を貫く大トリックと同時に、十兵衛を救済するためのそれであったからではあるまいか。

さて、物語がミステリーとしても成立しているため、興をそがれたくない、という方は、小学館文庫に収録されている作品を先に読んでいただきたいが、作品の背景となっている時代が〈十兵衛〉三部作は重なっているため、同じ登場人物が、別の趣向で出てくる。

本書の場合、それは、由比正雪と丸橋忠弥である。

発端は、この二人が柳生の庄へやって来て、十兵衛に、由比道場で兵法指南をと乞うと「馬鹿」と断わられ、「では紀州大納言への指南」と問われると再び「馬鹿」と断わられ、怒った丸橋忠弥が十兵衛に真槍で試合を挑むと、十兵衛が二人に見えた、という怪異である。

この折の立会人が江戸城お抱えの能楽師金春竹阿弥であり、固唾をのんで見守っているのが竹阿弥の娘りんどうである。

これで正雪一党は退散。

十兵衛の目指していたものに離剣の剣あらば、竹阿弥の目指していたものに離見の見ありというが、それがどういうものかといえば、
竹阿弥いわく、

「能の舞いに、目前心後ということがござる。すなわち眼で前を見ながら、うしろに、もう一つの眼をおかねばならぬ。見物から見られる演者の姿は、自分の眼を離れた他人から見た姿でござる。自分の眼が見ているものはすなわち我見で、自分のうしろ姿を見ることはできぬ。他人の眼で見れば、自分の見ることのできない身体のすみずみまで見とどけて、五体つりあいのとれた幽玄の舞い姿となることができる。……ま、かような意味でござるが」

すなわち、世阿弥の〝花鏡〟には、自分を客観視できるもう一人の自分の存在、離見の見があってこそ、はじめて、目の及ばざる身所《しんしょ》まで見智して、幽玄の境地に入ることができるのだという。

そして、十兵衛も、柳生に帰ってから、日夜思いをこらしていたのは、おのれのなかに二人のおのれを持つ、すなわち、離剣の剣であったというではないか。作者はこれを「なんたる暗合」と記す。

かつて、殿中で竹阿弥が「井筒」を舞ったとき、その動きにまったくムダがなく、十兵衛は「……あれは斬れぬ！」が、その伜七郎が井戸をのぞきこんだ場面だけ、一瞬、太刀を打ち込む機会があったというと、竹阿弥があの井戸をのぞきこんだとき、その中に思わぬ塵があり、不覚にもこれに心をとらえられた旨を告白する。

ここには、剣と能の関連が書かれているが、それは他に、羽山信樹、隆慶一郎といった不世出の作家のみが描き得たテーマであるといっていい。

この『柳生十兵衛死す』は、上巻がまるごと全篇の伏線となっているので、しばらくストーリーに沿って話を進めていくしかないのだが、この作品の中には、『柳生忍法帖』の最後には味方を裏切って十兵衛を助ける稀代の悪女おゆらや、『魔界転生』の忍体としての女など一人も出てこない。

登場するのは、ことごとく、愛情を注がれ、守護される相手なのである。

たとえば、竹阿弥の娘りんどうは、驚くべし、次のように描写される。しかもここで、十兵衛の過去の妻帯までもが明らかにされている。

りんどうは、七郎の妹になるが、愛くるしい十五、六歳の娘で、その全身からやさしさが匂い出している。十兵衛は、二十代に妻帯したが、その妻が若くして死に、以後は門人とともに男所帯。その十兵衛の無精ぶりが人間ばなれしているので、りんどうは放っておけなくなり、家事を手伝うことになる。そして彼女は、十兵衛に、なみはずれた情愛や人なつこさがあることを見抜く目を持っていた。このとき、年齢は関係ない。

〈柳生十兵衛〉三部作を、十兵衛と女たちの物語としてとらえたとき、十兵衛が、このような心情で包まれたことがあっただろうか。

と、その一方で十兵衛と竹阿弥は、各々の芸談について余念がない。

柳生の剣新陰流は、もともと室町期の愛洲移香斎の創始した陰流を祖とし、これはわが心を敵に陰す剣、すなわち無念無想。その流れをくんだ上泉伊勢守は、逆に二つの心を持つ法を考え、新陰流と名づけた。敵を右から打とうとするとき、同時に左から打つ心を持ち、敵は一瞬迷う。この新陰流の教えを受けたのが祖父柳生石舟斎と父宗矩で、これに己が二つに見える離剣の剣を工夫したのだ、と十兵衛が語れば——。

竹阿弥は、自分のいう離見の見の極まりは、分身した眼で自分を見ること、あるいは分身した己を自分の眼で見ることで、いま作っている『世阿弥』という能で念願していることは、世阿弥に変身することである、と答える。

すると十兵衛、一人変身してみたい人物がいるといい、それは室町にいた柳生十兵衛満厳《みつよし》であり、父はこの先祖にちなんで自分の名をつけたと語る。そして、この後、竹阿弥が、『世阿弥』を演じているとき、十兵衛は一瞬、金閣寺らしいものを見、竹阿弥が別人に見える。到頭、竹阿弥の世阿弥も成ったのである。

一方、御付武士成瀬陣左衛門の舎人として前天皇（明正天皇）である上皇興子《おきこ》、月ノ輪の宮に仕えることとなった金春七郎が、度々、刺客に狙われるようになり、その中に薩摩示現流の使い手あり——これを知った十兵衛は、服部半蔵から、丸橋忠弥が長曽我部盛親の妾腹の子であり、正室の子は薩摩に逃れたということを聞く。

そして十兵衛は、自らも御付武家として、宮に仕えていたときのことを思い出す。十兵衛の胸を横切《よぎ》るのは、かつての宮、すなわち、女人への無償の奉仕——〈柳生十兵衛〉三部作の中でこれほど愛に満ちた十兵衛が描かれたことはかつてなかったであろう。

そして再会——。

さらに十兵衛は、宮の口から驚くべきことを聞く。七郎に刺客を送っているのは、宮の父、後醍醐天皇の再来といわれ、十兵衛が、「あのお方は、おれがこの世でこわいと思う何人かのひとのお一人だよ」という後水尾法皇である、と断言。法皇は七郎が「天皇家に一点のしみをつけることを怖れられてのこと」だという。

そしてある大目的のために、月ノ輪の宮の身辺から江戸城のお抱え能役者の伜だとかいう舎人は絶対に排除しなければならない。

舞台は、清水寺、一月七日、暮れるにはやい冬の日の中で、竹阿弥らの能「熊野」がはじまるや、殺到する刺客の群れ——。

と、その時、十兵衛は、竹阿弥の声へ乗って天外へ飛び、二百五十年前の室町へタイムスリップしてしまうのである。

ここから舞台は応永十四年十一月、南北朝の争いがやんで十五年後の室町時代、足利幕府の最盛期。

こちらの物語は、室町の十兵衛が、一休と世阿弥のうち、前者を将軍義満の四男義円〈後の足利義教）の親衛隊青衆が、青蓮院《しょうれんいん》へ連れて行こうとするのを止めるところからはじまる。

一休は病で庵に伏している母伊予のもとを訪ねる途中だったのである。その伊予を一目見た十兵衛は、江戸の十兵衛と同じく次のような感慨にふけるのである。

それは、十兵衛には、三十代のはじめに亡くなった阿波という妻があり、その美しさとやさしさは今日までも彼の胸に宿っている。そして何という偶然か、いま眼前にいる一休の母伊予は阿波そっくりなのである。

江戸の十兵衛との相似形であるゆえ、こうした設定になるのだが、ここに記されている一休と母との魂の通い合い、母子の情愛は、これまでの〈柳生十兵衛〉三部作では決して描かれなかったものではないか。

十四歳のとき逝った母の死を、自分への裏切り行為としてとらえ、女をただの忍体としてしか描かなかった非情な山田風太郎はここにはいない。

タイムスリップという奇手をもって、あたかも人間の生殺与奪の権を持っている神へ復讐をせんとしているかのような山田風太郎がいるばかりである。

一方、将軍義満は、世阿弥に、南北朝に題材をとった能をつくらぬかと迫る。その内容はといえば「後醍醐帝の亡霊が、わが祖父尊氏どののお力で退散するという能じゃが、それを是非いまのみかどの天覧に供したい。できぬか」というものだが、世阿弥はニベもなく「できませぬ」といい「いつぞや申しあげたように、南北朝はあまりに近く、能に使うにはまだ熟《な》れず、私の志す幽玄の世界にそぐわぬからでござりまする」と答えている。

ここで一寸考えてみたいことがある。

世阿弥のいっている南北朝を太平洋戦争と置き換えてみてはどうか。

山田風太郎の初期作品には「戦艦陸奥」等の戦記風の短篇が幾つか見受けられる。

そして『別冊新評　山田風太郎の世界〈全特集〉』（昭和五十四年七月十日、新評社刊）に収録されたインタビュー「今度は明石大佐が主人公ですぞ」（インタビュー構成　伊藤昭）で、大正から昭和まで書ければいいといった旨の発言をしているのだが、時が移り考えが変わったとは考えられないか。『柳生十兵衛死す』こそ、この後、展開されていく、室町ものの布石となっているのだから——。

一方、十兵衛は、一休母子については、

十兵衛よ、お前はあの母子を見すててよいのか？

心のなかで、その声が呼ぶ。

それはお前のすべてを捨てたことではないか？


守らねばならぬ、何という深い母子への情愛であろうか。

が、その甘美なる苦悩も一転、十兵衛は世阿弥から、自分が楠木正行の従兄弟の縁に連らなるもので父が上覧能で足利＝天下に認められたときは、無上の栄光と感じたが、その足利の威光に打たれる楠木正成の能は決してつくれぬ旨、さらには一休の出世の秘密等を聞く。

そして、さらに世阿弥は、恐るべき洞察力をもって能を用いたタイムトラベルの方法まで見抜いてしまうのである。

物語は、この後、史実通りの後南朝の暗躍をはさんで、十兵衛が一休母子の用心棒を買って出るまでを描いていく。

しかし、伊予は義円に捕われ、相国寺大塔の七階に閉じ込められてしまう。そして地上で金春弥三郎一門が、能を演じているさなか、十兵衛は伊予を奪還、しかし、世阿弥がいっていたタイムトラベルを自らの身で味わうことになる。そしてここで一休と伊予とは生き別れに――。

室町の十兵衛は竹阿弥に救けられ、説明を受けるが、その頃、生き別れとなった一休母子は、何という奇蹟か、柳生の庄まで落ちのびてきた。そしてそこにいるのは、江戸の十兵衛と世阿弥。一方、江戸へ行ってしまった室町の十兵衛は、自分はあの母子を救けねばならぬから帰らねば、と気が気でない。

江戸の十兵衛と室町の十兵衛は、幽玄の天地の中ではじめて相まみえる。

そして遂に……。

作品がミステリー仕立でもあるため、あまりにも美しい対決シーンのことは書かずにおこう。

ただ、二人は、ある人々への献身のために落命したのである。

〈柳生十兵衛〉三部作と母の死

私は、この論考のはじめに、山田風太郎を読むための代表作として〈十兵衛〉三部作を選び、テーマを十兵衛と女たちとの物語であるとした。

山田風太郎の女性に対する思い＝十四歳のとき死別した母へのそれは、自分が死ぬとき総括して私の人生は幸福ではなかった、という感慨さえ持たせるものであった。その後、叔父夫婦と暮らしても、親類のところへ行っても、いじめられた記憶などないが、ここは自分のいるところではない＝〈列外〉の認識を持つようになった。

山田風太郎は、母の死から立ち直るのに十年の月日を要したといっているが、どこか愛情を感知するのに欠落した部分があったのではないだろうか。

でなければ、あのような結婚間近の日記を書くはずもないだろう。

私はちょうど良い機会に、ある精神科の医師に山田風太郎のことを話し、聞いてみた。

すると、大抵はそうした母の死は乗り越えられるものだが、極く稀に乗り越えられない人、あるいは乗り越えたふりをする人がいる。

相手は、奇想百出の忍法帖の作者、山田風太郎である。

私が、

「あの忍法は、一体、どうやって思いつくんですか？」

と聞くと、しばらく黙り込み、やがて不思議そうな顔をして、

「君、考えつかんかね」

といったり、突如として、

「君、室町と鎌倉とどっちが先だったっけ？」

と尋ねてくるような人である。

一体、本気でいっているのか、からかわれているのか首をかしげざるを得ない。

また、

「僕はね、勉強が嫌いで一切やらないんだ」

といっていたのに、没後、世田谷文学館で新保博久氏と共同監修で「追悼　山田風太郎展」をやったとき、その嫌いなはずの勉強のノートが次から次に出るわ、出るわ——。

私はそのとき、この人はこれが勉強だとは思っていないんだ、ということにはじめて気がついた。天才は自分がどれだけ凄いことをやっているか、自分では分からないのだ。

だからどこまで本心かは皆目分からないのだが、あのエッセイだけは万感の重みをもって私に迫ってきた。

すべてのはじまりはそれであった。

まるで母の死を自分に対する裏切り行為ととらえているようではないか。母親に対するあの呪詛めいたことば、それが〈柳生十兵衛〉三部作にどのように反映されているのか。

第一作『柳生忍法帖』では、むしろ、仇討ちをする堀の女たちが主役で、十兵衛は、彼女たち

の兵法指南役。そして自分のために死んでいったおゆらをあわれむ立場にある。

第二作『魔界転生』では、女は単なる忍体＝モノであり、あたかも紙上で自分を裏切った母へ復讐しているかに見える。何しろ魔界衆は母親の腹から生まれぬことで魔界衆たり得ているのだから。

そして、十兵衛は、母に捨てられた剣豪宮本武蔵を倒し、ひどく虚しい顔をして、いずこともなく去っていく。

では〈柳生十兵衛〉三部作中、唯一、忍法を使わない『柳生十兵衛死す』はどうか。

この作品では能の調べに乗せて、タイムスリップし、江戸の十兵衛と室町の十兵衛が時空を駆けるというものだが、実はこのアイデア、先に述べたように『柳生忍法帖』の中で既に伏線があるのである。

芦名銅伯の使う幻法「夢山彦」である。これは、双生児の片割れである天海大僧正を殺すためのもので銅伯死せば天海死す、或いはどちらか力の強い方が生き残る。

これを瓜二つのつぶれている方の眼だけが違う江戸の十兵衛、室町の十兵衛の二人に移し、殺し合いではなく時間から空間の移動に移し変えたのが、竹阿弥の能ということになろう。

そして、ここで描かれているのは、前述の如く、母子の愛情であり、男女の情愛である。その全部が必ずしも報われるわけではないけれど、十兵衛は死して救済され、山田風太郎は懐かしき母の子守唄を聞いたのではないか。

ダンテの『神曲』に「地獄篇」と「煉獄篇」「天国篇」があるように〈柳生十兵衛〉三部作の

世界も地獄から煉獄、そして天国へ――山田風太郎は、十兵衛を死なせることによって、はじめて自らを母の御胸へ回帰させ、救済したのである。

第四章

隆慶一郎の超克

隆慶一郎　Ryu Keiichiro

大正12年（1923年）—平成元年（1989年）

東京都港区生まれ。東京大学文学部卒。編集者を経て、大学でフランス語の教鞭を執り、脚本家に転身、映画『にあんちゃん』でシナリオ作家協会賞を受賞。昭和五十九年、還暦を過ぎて週刊新潮で『吉原御免状』の連載を開始し、小説家デビューを飾る。網野善彦の中世史研究などを採り入れた作品群は歴史小説に新風を吹き込み、今後の活躍が期待されたが、わずか六年の作家活動で急逝。著書はほかに『鬼麿斬人剣』『影武者徳川家康』『死ぬことと見つけたり』などがあり、平成元年『一夢庵風流記』で柴田錬三郎賞を受賞した。

昭和という時代の終焉に

昭和という時代が終焉《しゅうえん》を迎えんとしたとき、忽然として現われ、わずか六年の間だが、遮二無二に時代小説の可能性を追求し、一閃の光芒を放って平成元年十一月、急逝した作家、それが隆慶一郎である。

隆慶一郎は、戦国の風雲児、前田慶次郎を描いた長篇『一夢庵風流記』で平成元年、第二回柴田錬三郎賞の栄冠に輝くが、受賞の言葉の中で「伝奇的手法及び文章を使いながら、歴史的事実を再構成したいと決意した」と、自己作品を貫くモチーフを明らかにしている。そして隆慶一郎作品の素晴らしさは、そのまま、彼が徹底的にこだわった伝奇的作品の質の高さに依っているといっていいのではあるまいか。

その処女作は、昭和五十九年、「週刊新潮」に連載を開始した『吉原御免状』。この物語は、孤児として宮本武蔵に育てられた二天一流の達人、松永誠一郎が二十六歳になって武蔵の遺言によって山を降り、江戸吉原の総名主、庄司甚右衛門を訪ねることで幕があく。ところがお目当ての甚右衛門は既に他界し、誠一郎を迎えたのは、吉原に隠然たる勢力を持つ謎の老人、幻斎であった。読者は読み進むに連れ、松永誠一郎が裏柳生によって暗殺を画策された後水尾天皇の忘れ形見であり、幻斎が死んだはずの甚右衛門であること、吉原が単なる遊郭ではなく、傀儡子《くぐつ》たちによってつくられた自由と平等の砦であること、そしてその秘密が、徳川家康（実は傀儡子たちと同じ、中世自由民の末裔で影武者の世良田二郎三郎）が甚右衛門に与えられた神君御免状の中に隠されており、柳生がこれを狙っていることなどを知らされることになる。

そしてここには、作者がこの後、他の様々な作品で愛用する素材がすべて出揃っている。すなわち、徳川家康影武者説をはじめとして、吉原成立の秘史、皇室と柳生の関係、上に天皇をいただき、他のあらゆる権威に屈しない中世自由民の末裔たる傀儡子等々――。

しかし、この時点では隆慶一郎作品を貫く大きなテーマは完全には理解されていなかった。それが誰の眼から見ても明らかになるのは、痛快剣豪小説『鬼磨斬人剣』や『吉原御免状』の続篇『かくれさと苦界行』を経て、渾身の大作『影武者徳川家康』が刊行されてからである。この作品は、恒久平和の夢を実現させるため、後半生を家康の影武者として生きた世良田二郎三郎と、権力の座へ飽くなき執着を見せる徳川秀忠との抗争を、史実に沿いつつも、伝奇的手法によって描いたものである。二郎三郎のそばには死んだはずの猛将島左近と腹心の忍び甲斐の六郎、さらには風魔の一族がおり、秀忠の側には裏柳生がいる。彼らが歴史の裏面で凄絶な死闘を繰り返す中、泰平の世の象徴ともいうべき駿府の城が完成した時、読者ははじめて気づくのである。

隆慶一郎作品が総体として目指していたのが、歴史の中に秘められた壮大なユートピア物語であったことを。

これを可能としたのが、網野善彦が『日本中世の非農業民と天皇』や『無縁・公界《くがい》・楽』等で明らかにした誇り高き放浪の自由民〝道々の輩〟や〝公界の者〟たちの発見である。多種多様な職業につき、全国を自由に放浪した彼らは、中世においては数多く存在したが、天下を狙う武将にとっては正に目の上のこぶ的存在。あらゆる権威に屈しない彼らは、権力者たちから不当な差別を加えられ、遂には歴史の表面から追いやられてしまう。しかし、彼らを再び歴史の表舞台に立たせたらどうなるのか——前述の如く、吉原は傀儡子たちの自由の砦となり、駿府の城は、恒久平和を死守するための独立国となるのである。

隆慶一郎作品の魅力の一つは、そうしたアカデミズムの成果を、ロマンの夢に組み替えることにあったのだといえる。それが伝奇小説（時代小説）と歴史小説という二つの相対立する概念を見事にアウフヘーベンさせる結果となった。ありきたりの時代小説のつもりで読んでいると、本格的な歴史認識に突き当たる——つまりは読者に求めている娯楽と教養のレベルが高いのである。

さて、ここで、本書で論じた他の三人の作家、柴田錬三郎、五味康祐、山田風太郎と較べるとその活動期間が六年と極端に少なかったので——しかしながら、現在、新潮社から刊行されている全集は全十九巻に及んでいる——一応、その経歴を記せば、次のようになる。

隆慶一郎は、大正十二年、東京は赤坂の生まれ。旧制第三高等学校を卒業し、東京帝国大学仏文科に入学するも、学徒出陣し、中国大陸を転戦。宮崎で終戦を迎えた。昭和二十年、東大に復学し、フランス象徴派の詩人たちに深い傾倒を示した。辰野隆《ゆたか》や小林秀雄が恩師である。同学卒業後は、小林秀雄を慕って創元社の編集に携わった後、中央大学・立教大学の教壇に立ち、フランス語を教えた。昭和三十四年、中央大学助教授の職を辞した後は、本名の池田一朗でシナリオ・ライターとして活躍、代表作にシナリオ作家協会賞を受賞した「にあんちゃん」や石坂洋次郎原作の「陽のあたる坂道」「若い川の流れ」、司馬遼太郎原作の「忍者秘帖・梟の城」「城取り」等がある。小説家に転じたのは、六十歳を超えてからであり、一説によれば、小林秀雄が生きているうちは、怖ろしくて小説など書けなかったためだといわれている。そのデビュー作が前述の『吉原御免状』であり、その後、数々の作品を瞬く間に発表、作家として短期間のうちに不動の地位を築くが、平成元年十一月四日、肝硬変のため、不帰の人となる。享年六十六。

そして、話を隆慶一郎のアカデミズムへの関心に戻せば、そこから網野善彦とは別のもう一つのそれを想起することができる。それが谷川健一の民俗学であり、私たちはそこから隆慶一郎のもう一つのテーマを生んでいったことを知ることになる。それが、歴史の中における死者の遺志だ。こちらでユートピア構想における網野善彦の著作に相当するのが、谷川健一民俗学の原点、『魔の系譜』である。この著作の中で、谷川は、日本の主権を支えてきた影の部分を、日本人の情念の歴史であるとし、死者の〝魔〟が生きている者を支配することを明らかにしている。この場合、死者は敗者であり、生者は勝者である。そして敗者が勝者に一矢酬いるための最も有効な手段が〝呪詛〟である。

こうした発想が端的に現われた作品に、無動寺の回峯《かいほう》修験僧が叡山焼き打ちの報復として信長呪殺を図る『風の呪殺陣』がある。

歴史家に負けぬ小説を書くこと、そして歴史に名を刻まれることなく死んでいった者たちへの鎮魂の盃を傾けること――隆慶一郎の目指したものは、二つのアカデミズムの成果を踏まえて、歴史を虚構化するものではなく、虚構によって歴史を捉え直すものだという、伝奇小説の最も今日的な局面を推し進めていくことだったのである。

そして、ユートピアの夢も、或いは、死者の遺志を実現させるため、松永誠一郎をはじめとして実に多くの魅力的なヒーローが、隆慶一郎作品に登場してきた。彼らは自由の尊厳と人が人として生きることの素晴らしさを守るために、苦しい戦いに多く挑んできた。この戦いには、時として天皇すら加わることがあった。『花と火の帝』において、松永誠一郎の父、後水尾天皇は、度重なる幕府の卑劣なやり口に対し、天皇の密偵岩介らに、おごそかだが怒りをこめた命を下す――闘え、だが殺すな。この作品では人間天皇を描くなどという世迷いごとはハナから語られていない。むしろ、天皇を日本最大の呪術師であると定義。その存在を古代史の闇の中へと返すことで、逆にその人間性を浮き彫りにするという、はなれわざが用いられているのである。そして、天皇が自由を求めて幕府と闘うとき、神格化された存在は、逆差別の座から引きずり降ろされ、中世自由民と同じ一人の個人として屹立してくるのである。

こうしたヒーローたちの中に、『一夢庵風流記』の主人公、前田慶次郎ら、歴史の中で自由奔放に生き急いだ一連の〝かぶき者〟らがいたことはいうまでもない。

人間が何より素晴らしい――隆慶一郎作品の根底にあるものは、現代文学が幾分かの含羞をこめて放逐してしまったもの、すなわち、人が人であることを高らかに謳い上げること、人間賛歌に他ならない。そしてこれを謳い上げるために最新のアカデミズムとストーリーテリングの冴えを武器に、歴史の組み替えすらも要求するという、果敢なまでの小説作法が圧倒的な感動と興奮を呼ぶのである。隆慶一郎こそは、時代小説界に忽然として現われ、一閃の光芒を放って逝ってしまった〝いくさ人〟だったといっていい。

『葉隠』は面白くてはいけないのか？

その死が急逝だった故に未完の作品も多いが、見事なまでに昭和の時代小説を平成の世に架橋した隆慶一郎作品を読み解くことは、決して無駄ではないはずである。では、その中から、どれか一作を選べと言われれば、私は『死ぬことと見つけたり』（「小説新潮」昭和六十二年八月号から平成元年八月号）を挙げる。

恐らくは苛烈な戦場体験の記憶を宿した隆慶一郎のことである。戦場体験についてのエッセイがあってもよさそうなものだが、エッセイのことごとくを収録した『時代小説の愉しみ』（平成元年八月講談社刊）で、戦争の記憶につながるものは、ほんの数篇しかない。それも、戦時中、満州で酒を酌み交わした兵隊たちとはやり唄を唄ったことや、戦車の前にダイビングをして爆雷を置いてくるという訓練で何度やってもとびこまない兵隊がいて、たまりかねてわけを尋ねると「お母さんの顔が浮かぶ」というので仕方なく自分の当番兵にした等々――むしろ、戦地での日常を淡々とかつ極めて客観的に記したものが多いのだ。

その一方で、隆慶一郎は『死ぬことと見つけたり』を己の血肉ともいえる記憶、その戦場体験から書き起こしているのだ。

冒頭の一節はこうだ。

「死は必定と思われた。つい鼻の先に、刑務所の壁のように立ち塞っていた」

昭和十八年十二月、作者二十歳の折の中国戦線のことである。

当時の隆慶一郎は、アルチュール・ランボオと中原中也の徒であり、中原中也の詩集は既に入手困難で、運よく手に入れた友人の『山羊の歌』と『在りし日の歌』のすべてをノートに写しとっていた。だが、問題は、恩師・小林秀雄の訳したランボオの『地獄の季節』であった。思想統制のきびしい陸軍のこと、見つかれば忽ち没収される。

そして思案の末、当時の陸軍将校たちの間で愛読されていた『葉隠』の間に仕込んで持っていくことに決めた。

つまり、『葉隠』中巻の真ん中の部分を切り取って、そこへ『地獄の季節』を膠《にかわ》でしっかり嵌め込んでいった。ただ、『地獄の季節』の部分だけが手垢で真っ黒だったので、『葉隠』全巻を同じ黒さにするために全力を尽くしたという。

では、その『葉隠』とはいかなる書物か――。

『葉隠』は、宝永七年三月五日から享保元年九月十日まで、鍋島藩で御側役をつとめ、その後、隠棲した山本常朝《じょうちょう》のもとを、三十三歳の武士、田代陣基《つらもと》が訪れて七年間かけて聞き書きした近世の武士論を代表する著作である。

全十一巻から成り、聞書一・二巻は常朝の談話をまとめたもの、以下、三は藩祖直茂、四は初代勝茂、五は光茂・綱茂、六は「御国古来の事」、七〜九は「御国之諸士褒貶」、十は「他家の噂幷《ならびに》由緒」、十一は以上にもれたことをとりまぜて記す構成になっている。

『葉隠』というと、一度聞いたら忘れることのできない、聞書第一の二の、

「武士道というは、死ぬことと見付けたり」

をはじめとして、事あるときには「死狂う」こと以外に武士の道はないとする考えはこの聞き書きが成立した江戸時代当時の泰平ムードとは、到底、相容れないものであった。

『葉隠』に関する編訳等の著作が多い神子侃《かみこただし》は次のように記している。

「徳川時代に君臨していた思想は朱子学である。朱子学は十二世紀に南宋の朱熹《しゆき》が集大成した儒学で、徳川幕府はこれを封建制の支柱とすべく官許の学として保護した。各藩もこれにならって、朱子学を奨励したのである。／ところが、この『葉隠』は、そのはげしさのあまり、ともすれば権力者にとって安全な教養の体系からはみだそうとする物騒なものだったのだ」(『続 葉隠』神子侃編訳 徳間書店)

従って、今日、武士道の代表の如く喧伝されている『葉隠』は、あくまで鍋島一藩のそれであって、この一巻の冒頭には、

「この始終十一巻は追って火中すべし」

と記されており、禁書扱いであった。藩士の間には代々、写本として受け継がれていったので

ある。

それが公刊されるようになったのは、維新後のことであり、『武士道というは、死ぬことと見付けたり』の一言は、日本が軍国主義国家を歩んでいく中で、若者を死地にかりたてる格好のスローガンとなったのである。

では、その『葉隠』を隆慶一郎はどう読んだのか——。

彼のことばを借りれば、

何より人間が素晴しい。野放図で、そのくせ頑なで、一瞬先に何をしでかすか全く分らない、そうした人間像がひどく魅力的だった。

そして奇妙なことに、ここに登場する人物たちはひどく似かよっている。手柄をたてる男も、失敗する男も、同じ人間ではないかと思われるほど似ているのである。初めのうちは、これは斎藤用之助、これは中野数馬などと識別する努力をしていたのだが、やがてそれもやめた。全体がまじり合って、大ざっぱにいえば、二人の人間の顔になって来た。藩政に参加する者と無関係な者である。『葉隠』全巻を通じて、この二人の逞しく、したたかで、しかも少々抜けたところのある男たちが、成功したり失敗したり、腹を切ったかと思うと生き返り、又ぞろしょうこりもなく切腹する破目になる（『死ぬことと見つけたり』新潮文庫）

そして、隆自らが〝いい加減〟で〝冒瀆〟と呼んだ、その読みが、武士道のバイブル『葉隠』

を『レ・ミゼラブル』『巌窟王（モンテ・クリスト伯）』『デビッド・カッパーフィールド』のような波瀾万丈の物語に変えてしまった。

隆慶一郎は『死ぬことと見つけたり』の冒頭でこう問いかける。

「『葉隠』は面白くてはいけないのか?」

但し、注意しなければならないのは、これは、戦後、しばらく経ってからの読みであって、隆慶一郎は、戦時中の時点では、〈意外に面白いな〉と思ったものの、しばらくは読む気がしなかったと告白している。その事については後に触れるとして——

隆慶一郎は、前述の引用の中で、『葉隠』を読みながらはじめのうちは、これは斎藤用之助、これは中野数馬と認識していたが、やがて、全体がまじり合って二人の人間の顔になった。といっているが、やはり、『死ぬことと見つけたり』でも基本的な主人公は斎藤杢之助と中野求馬の二人である。

何故かといえば、『葉隠』の用之助と数馬と『死ぬことと見つけたり』の杢之助と求馬両者に共通する挿話があるからである。

『死ぬことと見つけたり』は、全十八話の予定であったが、第十五話で中絶している。斎藤杢之助は、早々と第一～三話に登場、『葉隠』聞書第一の二の最後及び聞書第十一の百三十三からの引用として、次のような彼のエピソードが披露される。

毎朝毎夕、改めては死に〳〵、常住死身になりて居る時は、武道に自由を得、一生落度な

く、家職を仕果すべきなり

必死の観念、一日仕切りなるべし。毎朝身心をしづめ、弓、鉄砲、槍、太刀先にて、すたすた（ずたずた）になり、大浪に打取られ、大火の中に飛入り、雷電に打ちひしがれ、大地震にてゆりこまれ、数千丈のほき（崖）に飛込み、病死、頓死等死期の心を観念し、朝毎に懈怠《けたい》なく、死して置くべし。古老曰く、「軒を出づれば死人の中、門を出づれば敵を見る」となり。用心の事にはあらず、前方《まえかた》に（あらかじめ）死を覚悟し置く事なりと

つまり、一日一日、新しい死にざまを考え、これを毎朝の日課とする生活を己に課している様子が描かれる。

つづいて、いかにも隆慶一郎好みの挿話が紹介される。これは、原典の聞書第三の五二に記されているもので――

或る年の暮、正月を控えて斎藤家には一粒の米もなく、斎藤親子が「悪事をするなら盛大にやろうぞ」と、城へ年貢米を運ぶ馬方を待ち伏せ、「分っておる。お城へ入れば、いずれわしらのところへ廻されて来る。その手間を省こうというのさ」とこれを強奪。年貢強奪は死罪だが、直茂公のごひいきは只事ではなく、斎藤家は浪人の身となった、という。ちなみに鍋島家では浪人しても領内に住まねばならない。

一方、中野求馬は名門の出で、大方が組頭をつとめ加判家老、年寄にのぼったものも何人もいる。

　中には出来の悪い者も、うだつの上らない者もいるが、侍ごころに関する限り、誰一人おくれはとらぬ、と豪語し、人もまた認めるという輝やかしい一族だった

求馬は、うだつの上らない方で、加判家老までいった父が、諸人の前で勝茂公を批判し、後に些細なことで切腹、家禄を召し上げ——というと、杢之助のところと似ていなくもない。五十石の堪忍料を貰っているから、老母と妻とギリギリの暮らしができる。

そして、生ける死人とうだつの上らぬ者同士、何もやることがないから、毎日、釣りに出る。口の重い同士、奇妙な莫逆の友となった。

第一話は、この二人が島原の乱に赴く物語で、杢之助は、死人さえ恐れるまるちる（殉教）を知り、求馬は原城に抜け駆けの一番乗りを果たす。

求馬の目的は出世である。が、世間一般の出世願望とは違う。求馬の父は生涯、勝茂相手に苦いことをいい続けた加判家老である、あるとき、勝茂自身の証言によって、ひとことのいい開きもせず腹を切った。

父の持論は、

　殿に愛される家老など無用のものだ

というものであり、

武士の本分とは……（中略）殿に御意見申し上げて死を賜わることだ（中略）だから武士たるものは、全力を尽くしてその地位に登るために励まねばならぬ

――求馬の出世への願望は、この父の遺志を継ぐものだった。

実際、『葉隠』原典においても中野（相良）数馬の登場回数はかなり多く、『葉隠』の口伝者、山本常朝が「家老になるべく決意したとき念頭にあったのは、眼前で活躍していた加判家老相良求馬という人物であったと思われる」（小池喜明『葉隠　武士と「奉公」』講談社学術文庫）。

結果、求馬は、二百石を加増され、杢之助は本人の希望で浪人のまま――しかし、求馬の抜け駆けは、老中松平伊豆守の不興を買い、勝茂は、江戸へ呼び出される。が、結局は、何事もなく帰国の途につくことになる。未読の方のためにこれ以上の記述は避けるが、ここで杢之助のとった鬼謀《きぼう》は、たとえ、原典に記されているものがあるとはいえ、隆慶一郎にとっては会心のものであったに違いない。

やはり、『葉隠』は、面白いものになったのである。

規格外の男たちの抗争『死ぬことと見つけたり』

しかしながら、この第二話で生じた松平伊豆守との確執は、作者の急逝により書かれなかったシノプシスまでひきつがれることになるのである。

このあたりから、杢之助率いる浪人組の中でも、常に大猿を連れている色好みの牛島萬右衛門が加わり、作中でさらに野放図さを加えることになる。御存じ、庄司甚右衛門も登場し、隆慶一郎の他の作品ともリンク、ファンにはたまらない展開となっていく。

だが、松平伊豆守の憤りは一向に収まる気配を見せない。


この上鍋島を痛めつけるような挙にでれば、依怙《えこ》の沙汰といわれ、私憤を晴らすものだと評されることが目に見えている

にもかかわらずだ。

松平伊豆守が次々と手を打つのも、もともとは鍋島藩の母体であった龍造寺家との間に揉め事を起こさせようという腹だからである。元をたどれば、龍造寺家の家臣を抑えるため、三支藩や親類四家を造る必要があったのだが――。

これらの家をつくり上げることによって、実質的には龍造寺系の家臣の禄を削り、その勢力を弱めて来たのである。この強引な政策が今日の鍋島を作ったのだ。その意味で彼等は鍋島の功臣といえる。それを家臣は家臣だと断定してしまってはむごすぎはしないかかない——。

勝茂の孫である二代目藩主光茂の酷薄さは、もはや、鍋島を二分しかねないところまで来ており、光茂は死の一歩手前まで追い込まれるのだが、この暗君には、喉もと過ぎれば何とやらでしかない——。

やむなく、光茂押籠《おしこ》めとなるのだが、隆慶一郎が書いているように、この件について『葉隠』は、極めて僅かの事実を、しかもほとんど囁き声でしか語ってくれない。ただこれについて大僉《だいせん》議《ぎ》があったというだけである。

首謀者は、勝茂の十一男で、親類家老の神代直長《くましろなおなが》。この時、光茂の冗費により、親類四家の財政難はその極に達していた。取るべき手段は二つ。

一つは、大名並みの家格を辞退すること。が、これは三家の誇りが許さなかったし、幕閣の許可が必要だった。

いま一つは、逆に幕府に願って、城主格昇進を認めてもらうこと。これすなわち、本藩からの独立を意味し、加えて知行制からの独立も意味する。更には幕府の心証次第では、他国への転封も考えられる。

これをどうするか——最後の最後まで結束を崩さずに大僉議を行い、誓約書を結ぶというのが目的であった。

大僉議が行われているのは、水ヶ江の神代屋敷であり、そこは、多久美作守《たぐみまさかのかみ》の三階建ての茶屋からは目の下である。ここに、求馬、杢之助、萬右衛門らが集まるのだが、原典と違うのは、杢之助が遠町筒の曲射をして、集まった者たちを次々に蹴散らしてしまうことである。

うーん、確かに『葉隠』は幾らでも面白くなるではないか。

作品は、この後も、松平伊豆守の執拗なまでの鍋島藩つぶしの策謀、そして、振袖火事に秘められた陰謀、死の床についた勝茂等が綴られていく。

今や佐賀藩にとり、光茂の暴政によって癌となった三家四親類まで取り込んでの鍋島藩取り潰しを企む松平伊豆守と、杢之助、求馬ら規格外の男たちの抗争が、『死ぬことと見つけたり』のストーリーなのだが、残念なことに作者の急逝によって、先がない。

しかし、幸いなことに、平成二年二月二十日、新潮社から刊行された『死ぬことと見つけたり』下巻の巻末に編集部作成による十六話と十七話に至る〝遺されたシノプシス〟が収録されている。


（前略）明暦三年、江戸で勝茂が病床に臥し、杢之助は、殉死の決意を固めて佐賀を出た。折しも江戸は、振袖火事に見舞われる。火事は、放火であった。江戸の都市計画で一計を案じた信綱（松平伊豆守）が、火元となった本妙寺の住職を抱きこんでいた。杢之助は、牛島萬右衛門とともに、信綱の陰謀を嗅ぎつけた……

これが、シノプシスに先立って示された第十五話の梗概である。それでは遺されたシノプシスで辿っていこう（以下は、十六話と十七話のシノプシスの主要部分を筆者が抜き出したものである）。

「第十六話
○信綱の悪夢
○ＭＭ〔編集部注・杢之助と萬右衛門〕の来訪　三月二十四日　夢を見ないか　ギクリ　本妙寺住職の話　用人の話（有賀）　城まで焼いては責任は免かれぬ　ちがう、あれは…　ハタと口を噤む　ニタリ　住職も同じことを云った　何をする気だ（何が望みだ）　別に、だが知っている者がいるということだけ覚えておけ　書類提出　握りつぶす　そんなことしない　噂だ、噂を拡める〔注・このあたりの欄外に「家族まで誅する」と補記がある〕　それだけでよかろう　その通りだった　人の口に戸は立てられない　萬右衛門証人　判った、以降ナベシマのことは忘れる
○勝茂の臨終
　杢と求に追腹禁止
○求　吉原へ　焼跡　山谷へいっている　感慨　求、甚右エ門と幻の対話
○新吉原　工事　仮宅営業
　求馬来る　杢、信綱の尾っぽ抑えた　死と追腹禁止　勝手ないい草だな　みっともなくて

くにへ帰れない　汚いやり方だな
○ａｔｔａｑｕｅ〔注・襲撃〕を受ける　クスリと笑う　いい都合だ　松平用人、十五人
勝てる数でない　だが勝つ　ダメだったか　ナサケない奴等だ　自力で死ぬしかないことを
悟った　くにへ帰ろう

勝茂は、李之助と求馬に、追腹を禁じて息をひきとる。
第十七話は、こうして不本意に生き延びた李之助が、勝茂の命に背かず、しかも、殉死の
決意が果たせる方途を模索し、死を遂げるまでである。

第十七話
○葬儀　殉死
○帰国　求の不安　あんまり落着きすぎている
○信綱の狼狽　殺しても同じ　浪人組知っている　わしは約束は守る
○お勇たち　熊之助
○権右エ門の殉死　見事だ　邪マの入る余地のない素早さ
○坊主になる　寺通い
○寺通いの中味　仏はどこにいる　お経の中だ　帰る　三日後来る　いなかった、三日さが
した　天地の間にいる　バクゼンとしすぎている、もっとハッキリ　西方浄土だ　西か　O

ｕｉ〔注・そうだ〕西にゆけばあえるか
○万〔注・萬右衛門〕を口説く　西へ同行しろ　イヤだ　途中まででいい
○仏にあってくるよ　お勇に、引返して来て、お前に誰より惚れたよ　バカなことといって
ナムアミダブツ
○伊万里に出る　万の不安　酒を汲む　朝まで夜っぴて　信綱抑え（虫封じ）のため生きて
くれ
○早朝　西へゆく　海へ、ズブズブ　待て、待ってくれ　やっと判る　どうする気だ　西へ
行くのさ、そう言ったじゃないか　だけど海　海が何だ、オレは泳げる　オレも行く　ダメ
だ、船酔いするくせに　だけど…　大丈夫、必ず仏にあう、いってくるよ　泳ぐ　どこまで
続くのかね、海って奴は　それが最後　抜手を切って進んでゆき、やがて見えなくなった
〔注・このあたりの欄外に「仏を求めて西に向った者を罰する何の法もありはしない　家族は安
泰であろう」と補記がある〕舟を出して探したが、見つからない　西方浄土目指して、泳い
でゆく姿が見えた　よせ、そんなとこに殿はいないぞ

遺されたシノプシスは、以上である。李之助は、李之助流のいわば「補陀落渡海《ふだらくとかい》」のような方法で、殉死を果たすのである。

しかし、第十八話、求馬の死については、文字で書かれたシノプシスはない。ただ編集部は、シノプシスに続けておおよそ次のような展開を経て、完結となることを聞かされていたと、付記

している。

鍋島藩の存亡に関わる、藩主勝茂のもう一つの苦悩、それは、勝茂みずからが後継と決めた、孫光茂の人格である。光茂は、藩主を継ぐべき器量に欠けていた。

鍋島には、蓮池、小城、鹿島と、三つの支藩がある。光茂は、たんに器量を欠くだけでなく、これら支藩の烈しい反感を買い、一触即発の関係にあった。勝茂亡き後、お家騒動に発展すること、必至であった。

杢之助は、信綱の弱点、すなわち、振袖火事の陰謀を盾にとり、藩を信綱から救って死んだ。これでひとまず、幕府との確執は除かれた。求馬には、新しい藩主光茂と、三支藩との間を、和解に導く役目が残った。

杢之助の死後、求馬と萬右衛門は、生き残った使命に邁進する。藩主と支藩の関係修復に腐心する。だが、意のままに運ばない。両者の間は、修復どころか、いっそう険悪の度を増し、おぞましい事件も、何度となく起った。

求馬は、もはややむなしと、大胆不敵の挙に出る。起死回生の奇計を放つ。光茂も、三支藩も、意表をつかれてたじろいだ。一気に和解は実現する

求馬はここに勝茂に遅れること二十年、ようやく殉死する事になるのである——。

しかし、私たちは、ここである不思議と遭遇することになる。それは、杢之助流の何とも明る

い補陀落渡海である。「補陀落渡海」とは、一般的に以下のように定義される。「身を捨てて、観世音菩薩のいる遥かな大海の向こうの補陀落の浄土に渡るために、目なし舟、ウツボ舟に乗って海へ乗り出してゆくという、自殺行にも似た渡海修行は、中世日本の特異で、不思議な仏教信仰、土俗的な観音信仰のひとつの在り方として、信者や研究者たちの関心を引かなかったわけではない。だが、それはあまりにも極端で、過激な狂信の果ての特殊なあらわれとして、一般的な信仰者や仏教者の興味や関心の対象となるには、いささか刺激的すぎた」（川村湊『補陀落　観音信仰への旅』作品社）

しかしながら、わずかなシノプシスからでも分かるように、杢之助の補陀落渡海は、そうした陰惨さとは無縁で、妙に向日性にあふれてはいないだろうか。

補陀落渡海というモチーフ

まず、隆慶一郎は、どこから補陀落渡海というモチーフを思いついたのかを考えてみよう。ここで思い出していただきたいのは、本稿の冒頭、隆慶一郎の位置づけをする箇所で引き合いに出した谷川健一の『魔の系譜』である。

そして、いま一度記せば、この一巻の中で、死者は歴史の中の敗者であり、生者は勝者である。その敗者が勝者に一矢報いるための手段として存在するのが〝呪詛〟なのである。

さて、ここからは二つのことが見えてくる。

一つには先に後述するといった、隆慶一郎は、「死は必定と思われた」戦時中、『葉隠』をどう読んだか、ということであり、いま一つには、『死ぬことと見つけたり』で、何故、唐突にモチーフとして補陀落渡海が現われたのかである。

隆慶一郎が『葉隠』は面白くてはいけないのか、と記したのは、この小説の巻頭においてである。

だが、戦時中は、『葉隠』を『地獄の季節』と同様に手垢で真っ黒にするためだけに読み始め、次第にエピソードとして楽しむことを覚えたと書いている。

では、『葉隠』に書かれているものは何か、といえば、多くは鍋島武士の死に様であり、そのことは、聞書第一の二、

「武士道というは、死ぬことと見付けたり」

が規定している。

古川哲史は岩波文庫版『葉隠（上）』のはしがきで、

「『葉隠』は、たしかに、どこを切っても鮮血のほとばしるような本だと言える」

と記しているが、そこに書かれていることは、もしかしたら、谷川健一が『魔の系譜』に書くはるか以前にまとめられた、死者の魔が生きている人間を支配する、歴史構造だったのではないのか。

日本が軍国主義国家への道を歩んでいく過程における「殉国の教本」（神子侃編訳『新篇葉隠』たちばな出版）が戦時下の『葉隠』であるとしたら、隆慶一郎は、恐らく持ち前の強靱な精神力

で何度も敗者である死者の〝呪詛〟として立ちはだかる『葉隠』を波瀾万丈の大河小説として読み伏せようとしたのではあるまいか。

その手がかりは『死ぬことと見つけたり』の中に、確実に記されている。

第四話に次のようなくだりがある。


いつ、どうしてそうなったのかは求馬にも分らないが、気がついてみると（龍造寺）伯庵はひたすら弱者の呪いについて語っていた。世の中の歴史はすべて強者の歴史である。史上に現れる強者の背後に、或いは足もとに、何百何千の弱者の屍があるか、誰にも分りはしない。その弱き者の屍は一体どこへ行ってしまったのだろう。塵のように雲散霧消してしまったのか。自分にはどうしてもそうは思えない。彼等にも一片の魂魄はある筈である。その魂魄は絶対にこの世にとどまって、勝者である強者を呪い続けているのではないか。

また、第十二話には勝茂と杢之助の次のようなやりとりが記されている。


「要するに何が云いたいのだ」

勝茂は同じことを、今度は力なく云った。

「佐賀は殿をはじめ御家中のものであり、同時に百姓町民のものでもある。鍋島御一族の私していいものではない」

勝茂は無言でいた。判り切ったことを今更と思うからだ。杢之助が続けた。

「佐賀は又、この土地で生き、この土地で死んだ死人《しびと》たちのものでもある」

ようやく話の核心に達したことを勝茂は感じた。

「今現在生きている者たちが勝手にしていい土地ではない」

そんなことも百も承知だ。だが……。

「でも死人たちは口を利けない。利けなくはないが、生きている連中には聞こえない」

「杢之助には聞こえると云うのか」

勝茂が皮肉に訊いた。思い上りではないかと云っているのだ。

「聞こえます。鍋島藩なんか糞くらえと云ってますよ。懐しいのは佐賀の風土だけだ。人間なんていらないんだ。そう云ってます」


『葉隠』から『魔の系譜』への回路がうかがえないだろうか。

そしてもう一つのモチーフ、補陀落渡海についてだが、こちらも実は、谷川健一が絡んでいる。

隆慶一郎が『魔の系譜』を読んだ後、もし、谷川健一の他の著作にまで手を伸ばしていたと仮定すると、ここに格好の一冊がある。

『常世《とこよ》論——日本人の魂のゆくえ』(平凡社)がそれである。

この一巻のIに収録されているのが、「海彼の原郷——補陀落渡海」なのである。

「補陀落渡海の船に鳥居が立てられるのも、その屋形がもともとモガリを現わしているからであることがわかる。外から戸を釘づけにし、四方に窓もなく、食物には木の実をすこしずつ食べるというありさまで、あとはただ北からの風まかせに、南海の浄土をめざして船は走った」

前述の『補陀落』からの引用同様、これでは自殺行為である。

隆慶一郎は、こんな補陀落渡海は嫌いだろう。だから杢之助は、勇ましく抜き手を切って進んでいくのである。

根井浄は『補陀落渡海史』（法藏館）の中で、「入水往生」と「補陀落渡海」のちがいについて次のように記している。

「補陀落渡海、それと入水往生。この二つは類似した実践形態から、ややもすれば混同されやすい側面をもっている。かつて渡辺貞麿氏が強くいい遺したように、入水の実践者たちが生まれんと願っていたその極楽は、この世ならぬほかならぬ世界であり、そこへ往き生まれるためには現世での終焉を俟たねばならなかった。そうじて「異相往生」としばしばいわれる入水の現象は、人間の往死の一生とはうらはらに、ほかならぬ世界へいそぎ往き生まれるために、まずはこの世での生を終らしめなければならない、そのための行為であった、といってよいだろう。

それにたいし補陀落渡海は、理念的には現世における終焉のための行業ではなかった。すくなくともそういえるだろう。南方の浄土に渡り行く実践が、実際的に、結果的に死に直進するとはいえ、補陀落渡海は死の行為ではなく、むしろ生への行為であったろう。かくてまた渡辺貞麿氏も指摘したように、入水往生と補陀落渡海とは同一のものではなかったはずである。（中略）補陀落渡海は現身のままで実践されねばならなかった」

この本が刊行されたのは平成十三年だから、隆慶一郎は、前述の文章を読んでいない。

しかしながら、抜き手を切って進んでゆく杢之助の姿は、まるで前述の補陀落渡海と入水往生をアウフヘーベンしたもののように見えるのではないか。

そして、隆慶一郎は、それを通して何をやりたかったかというと、明るい死人を描くことではないか。

坦々として、而も己を売らないこと

ここで、いま一度、戦時中の作者のことを振り返ってみよう。

くり返しになるが、彼が当時、持っていた本は、ノートに書き写した中原中也の詩集と、恩師、小林秀雄が訳したランボオの『地獄の季節』と、『葉隠』である。このうち、中原中也は生のベクトルを示している。

微妙なのは『地獄の季節』である。もとよりこの詩集は、呪われた詩人ランボオの絶望や侮蔑嘲笑に彩られた凄絶なまでの文学への絶縁状として知られている。そしてこの一巻にある「貴様がもともと死骸なら」とか「生きながら死にびととなったのはこの妄なのでございます」といった表現が私には何か隆慶一郎の心をつかんだように思える。

隆慶一郎は『地獄の季節』に関して、戦時中、「その頃の僕のすべての思考が籠められていた」とも「凄まじい光を放つ宝石」とも記しているが、その輝きは限りなく暗く妖しい輝きではなかったか。

つまり、『地獄の季節』を真ん中に据えて、中原中也と『葉隠』が綱引きをしていたのが、当時の隆慶一郎の精神様態だったと見ることは出来ないだろうか。

そして隆慶一郎が常に死のベクトルをねじふせていられたのは中原中也の詩「寒い夜の自我像」があったからである。ここにその全文を記しておく。

きらびやかでもないけれど
この一本の手綱をはなさず
この陰暗の地域を過ぎる！
その志明らかなれば
冬の夜を我は嘆かず
人々の焦躁のみの愁《かな》しみや
憧れに引廻される女等の鼻唄を
わが瑣細なる罰と感じ
そが、わが皮膚を刺すにまかす。
蹌踉《よろ》めくままに静もりを保ち、
聊《いささ》かは儀文めいた心地をもって

われはわが怠惰を諫《いさ》める
寒月の下を往きながら。

陽気で、坦々《たんたん》として、而《しか》も己を売らないことをと、
わが魂の願ふことであつた！

何度も何度も呪文のように口ずさんだという一節、

「陽気で、坦々として、而も己を売らないことをと、
わが魂の願ふことであつた！」

この詩の中で、ことさらに隆の精神的支柱となったのが「坦々」の一言であったことはいうまでもない。「坦坦」を『岩波国語辞典』で引くと「土地や道路が平らなさま。転じて、変わったことがなく平凡に過ぎるさま。『坦坦たる生活』」と載っている。

また、新潮社のPR誌「波」の昭和六十二年十二月号の表紙に「坦々」の二文字を寄せ「表紙の言葉　坦々」で次のように記している。

『坦々』とは、中原中也『山羊の歌』所載の『寒い夜の自我像』末尾にある語である。

陽気で、坦々として、而も己を売らないことをと、
わが魂の願ふことであつた！

僕は青春期から今日まで、まるで呪文でも唱えるように、この詩句を口ずさんで来たような気がする。そして極力この詩句の通りに生きて来たつもりだ。生きることの拙劣な男のせめてもの願いがここに籠められている。

「坦々」の二文字は、隆慶一郎にとって精神のお守りともいうべきものだったのではあるまいか。そして作中にも実はこうしたお守り――それは死を賭したものである場合にも存在する――が出てくる。

たとえば、第九話で、無抵抗のまま処刑されていったぽるとがる人たちの真意を「つまりは人々の胸中に深々と刃のような疑問をつき刺し、終生忘れ難くさせるために、あの男たちは黙々と死んだのではないか」と悟る箇所はどうであろうか。そこに残るのは死者の記録ではない。李之助が察した死者の思いである。

また、第六話でも李之助が萬右衛門に「証人の役目を忘れないでくれ」と言っている。

つまり、けして正史には刻まれることのない〝語り継がれるべき〟歴史なのである。

隆慶一郎はこう記している――萬右衛門は「それ（注・語り継ぐこと）だけは絶対にやる。そ

れで杢之助は安心して死人でいられるのである」（傍点引用者）。

語り継がれること、証人がいること、これ皆等しくお守りではないか。だから萬右衛門は、杢之助の補陀落渡海にまで証人として引き合いに出されるのである。

では、ここで改めて記しておこう。

隆慶一郎が『死ぬことと見つけたり』の中で理想として描いたのはどのような死だったのであろうか。

私は先に隆はエッセイの中で戦争について書いたものは少ないと記したが、読んでいると、ふとそれが顔を出す場面がある。たとえば、「花火」という題名のエッセイを記すと、

花火が好きだ。十年住んだ六本木を離れて向島のマンションの十階に引っ越したのも、そのためである。隅田川の花火はさくら橋の袂と蔵前で同時にあげられる。私の部屋からは蔵前の遠花火は楽しめるが、さくら橋のは外廊下か非常階段に出ないと見えない。七月二十六日の七時。私は一升瓶を下げて、非常階段に座った。

隅田川は眼下にある。屋形舟は上流側に集められ、高速道路も通行禁止でひっそり閑としている。轟音が湧いた。ほとんど眼前で、大輪の花が炸裂し、私に向かって火花を降らして来る。凄まじい迫力であり、華麗さだった。

私はほとんど茫然として、酒を酌んだ。思えば三十年近い昔、出来たばかりのテレビというものに挑戦する気になったのは、花火のせいである。当時のテレビ番組はすべて生放送だ

った。ビデオ・テープのなかった時代である。ドラマといえども、とり直しのきかない、一回こっきりの真剣勝負だった。

俳優は大スターといえども、セットからセットへ文字通り走った。転べば大きな音がきこえ、カメラはじっと花を映して待った。ドラマ作家も副調整室につめっきりで、時間が伸びれば台本を削り、縮めば書き足した。セットへ座ったきりで、遂に画面に現れない俳優さんも出た。放送が終わると全員ぐったりして、酒をのまずにはいられなかった。

これは正《まさ》に花火である。一瞬に咲き誇り、消え去れば二度と帰らない華麗な花火。それに全力を賭けるのを、私は粋だと思った。一回こっきりでとり直しのきかないもの、それこそ人生ではないか。いろんな顔が浮かんでは消える。この花火に賭け、多く早逝していった戦士たち。彼らの名が歴史に刻まれることはない。私は花火に向かって、心から鎮魂の杯をあげた。

ということになる。

私が傍点を施した箇所に記されているのは、一体誰に対してのことか。そして「花火」が収録されているエッセイ集『時代小説の愉しみ』の〝あとがき〟で、その死人たちの姿はより一層鮮明になる――。

「どうして時代小説ばかり書くんですか」

この頃よくそう問われる。

私の答はきまっている。

「死人の方が、生きてる人間より確かだからでしょうね」

皆、ちょっと変な顔をして笑うが、私は本当のところをいっているのだ。

『棺を蔽うて後、はじめて定まる』

という言葉がある。定まるのは、その人の声価の意である。だが当節のように忙しい時代には、この言葉など無意味かもしれない。誰も棺に蓋されるのを待つまでもなく、いい加減な声価を下され、棺に入る頃はとっくに忘れられているように思う。肉親でさえそうかもしれぬ。

私は別に不平をいっているわけではない。それはそれでさっぱりしていて結構だと思う。だがこれでは益々死者が幅をきかす世の中になりそうだという気が多分にする。


まったくのところ、死者たちの決然とした風貌の見事さはどうだ。長い時間の風化を受けて、その像には鼻は欠け、耳は欠けているかもしれないが、それでも尚、誇らかに己れの志だけは明確に告げているかに思える。その志の大小、それが成就されたか、無残にも敗れて終わったかは、本人にとってはどうでもいいことである。

志を立て、それに殉じた。その誇りだけが烈々と私たちに訴えかけて来る。その志について、その誇りについて、解明する義務を持つのは、生きている私たちの方ではないか。

私が傍点を施した箇所を、ふたたび読んでいただきたい。

何という決然たる死人たちであろう。

いま隆慶一郎は、鎮魂の杯をあげる側にいる。そして解明する側にいる――が、いつか彼は、杯をあげられる側、解明される方にいくことになる。『死ぬことと見つけたり』初刊本の帯の惹句には〝死人ゆえに自由、死人ゆえに果敢、死人ゆえに晴れやかな〟とあるが、そこには、明るく陽気な死があってはいけないのか、という反問が聞こえて来そうではないか。

隆慶一郎が入院していたときの挿話に、自分と親しくなった青年が急逝したことがあった、という。担当編集者らは当然、隆の心中をおもんぱかったであろうが、彼は一言、

「若く死ぬ人はそれだけ神様に愛されているんだよ」

といったという。

明るい死――隆慶一郎は、持ち前の強腕ぶりで、『葉隠』さえ、読み変えてしまったのかもしれない。

「海」という自由を愛す

私はかつて一度だけ、隆慶一郎の担当編集者とゆかりの人たちと一緒に故人の墓参をしたこと

がある。

故人の墓は、熱海の十国峠《じっこく》の頂にあり、この地に墓をつくることは、生前、熱海に仕事場を持ち、夏といえば海、そして海へ流れる水のイメージを自由の象徴としてとらえていた隆慶一郎自身の遺志であった。

墓石の表には、隆慶一郎の四文字が、そして裏には、前述の中原中也の詩からとられた「坦々」の二文字が彫り込まれたささやかな安息の地。

晴れていれば熱海の海が一望の下に見渡せるはずだったが、生憎《あいにく》と到着した日は曇りがち。だが、その翌朝、近くの宿に一泊しての墓参りの折は、空は見事に晴れているではないか。そして、墓地から見渡す、陽の光を受けて余りに美しく輝く遍照《へんじょう》の海を前にしたとき、私たちは、隆慶一郎がここを終焉の地としたことの意味を瞬時にして悟ったといっていい。

海——それも自由の象徴であり、憧れである海と相対して永遠の眠りにつくひと、それは正に隆慶一郎という作家の思想であり、その時、私たちは、隆慶一郎の安らかな死顔すら見たような気がしたのである。

そして「己を売らないこと」——それは功利的な意味ばかりではなく、隆慶一郎というスライドを通して見るならば、人間が人間らしく生きようという意志を挫こうとする、あらゆる怯懦、脆弱、驕慢、軽薄、それらのことどもに対して決して「己を売らないこと」であることを示しているのは、今さら贅言を弄するまでもないであろう。そして、杢之助の死は、陽気で坦々としたそれでなければならないのだ。

自由への強い希求――これは隆家代々、引き継がれてきたものらしく、ここで『死ぬことと見つけたり』の担当編集者から聞いた話を、二、三、まとめておくと次のようになる。

隆慶一郎の父方の家系は、信州松代の出身で、その曾祖父は、剣の道に一生をかけ、全国を行脚した人物であった。激しい修行のため、彼の手のひらは、普通、私たちがそれを結んだり開いたりするような動作はできず、刀を持ったままのかたちで固定されており、あたかも鋳型に入るが如く、木剣がその中にスッポリと収まったという。この曾祖父は、廻国修行のさなかに、明治維新があったことすら知らなかったという。

また祖父は、函館で船医になるも、突然、この地を出奔、故郷松代に戻り、この地を治める俠客となった。だから、このために親類縁者から総スカンを喰らい、幼い隆慶一郎だけが、肝胆相照らす齢の離れた友であったという。

隆慶一郎の作品に数多く登場する魅力的な老人のルーツはどうやらこのあたりにあるのではないだろうか。

こうした家系図の中から浮かび上ってくるのは、物心両面にわたって漂泊し続ける、あまりにもかたちにとらわれることのない自由な精神以外の何物でもない。

隆自身に関して、こんなエピソードがある。いっときカメラに凝っていたことがあり、新潮社のカメラマンが持っていたニコンのカメラを見ると、矢もたてもたまらず、どうしても欲しくなった。

そこで二人して神田のカメラ屋へ行ったのはいいが、日頃から飲み屋の支払い以下、すべてツケですませる隆のこと。肝心の現金がない。そこでいつものでんで「ツケでいいか」と問うと、店員は何か身分を保証するものはないかという。そこで調べてみるとまったくない。隆ははじめて、自分は一度として国家によって身分を保証される類のものを得ようとする意志のなかったことに気づいたという。

もはや、〝自由への希求〟、それは隆慶一郎の血に連なるテーマではなかったのかと思えてくる。そうすると、隆慶一郎が、戦時中『葉隠』をどう読んだかが見えてくる。恐らく彼はそのページを手垢で真っ黒にしながら対決していたのだ――人間の自由を奪い、死に向かわせようという書物と。そして、戦後、これを第一級の歴史・時代小説として組み替えたのだ。

ここで、隆慶一郎の長女羽生真名《はにゅうまな》の『歌う舟人　父隆慶一郎のこと』（講談社）の中から興味深い挿話を紹介しておきたい。

とある冬の軽井沢にある父の別荘でのこと。キツツキのような鳥が、家の外壁に丸い穴をあけ、外壁と内壁の間に入り込んで動けなくなった。一日、二日と次第に弱ってゆく。そのとき、隆慶一郎が「死に場所があるだけいいか」とぽつんといったという。

しかし、あれは鳥のことではなかった。この時の私は鳥に気をとられ、『死に場所を失う』という単純な連想ができなかった。まして父自身、戦争で死に場所を失った世代に属しているとは考えもしなかったのである。

ここで隆慶一郎が吐いたことばには明らかに、戦時中に対する〈怒り〉がある。

――「死に場所くらい選ばせてくれないか」

――「死に方くらい好きにさせてくれないか」

だから、杢之助は切腹ではなく、抜き手を切って泳いでいくあの補陀落渡海でなければいけないのだ。

おそらく、隆慶一郎は杢之助と一体となり、彼が見送らざるを得なかった英霊たちを、はるか浄土まで導いていったのではないのか。

もうひとつ『歌う舟人　父隆慶一郎のこと』から引いておきたいところがある。こちらは『影武者徳川家康』を語っている箇所である。

父が作品に登場させる漂泊の民「ワタリ」の具体的イメージを得たのは、一向一揆の取材で天竜川に行った時のことである。寺の住職さんから、ダムのできる前、天竜川を上下して物資の補給をする船頭さんと呼ばれる人々がいたことを聞いた。輸送を終え、船を上流に戻す時、一人が船上で舵をとり、一人が天竜川の急流に逆らってロープで船を曳く。その舟人たちは大柄で屈強な体格の持主ばかりだったという。

――朝床に聞けば遥けし射水川《いみずがわ》　朝漕ぎしつつ歌う舟人――

急流を下りながら歌う舟人――漂泊の民――の姿が浮かぶ。

時折急に、水が見たいと言っては隅田川を下る船にとび乗り、じっと夕方の水面を見つめる父だった。水は父にとって海と同様、自由の象徴であり憧れであったような気がする。水面を見つめながら、

……我、非情の大河を下りしが……

という「酩酊船」の一節が耳の底に響く。そして、

……泳ぎもならじ

まできた時、そういう夕暮ではなかろうか、歴史が科学ではない以上、完全に立証された歴史的事実や完璧な時代考証などあり得ないと、作家隆慶一郎が気づいたのは。そしておそらくそういう夕暮である、父が再び若き日のように地獄の季節を吹く風の音を聴いたのは

……

水を、そして川を海を自由の象徴としてこよなく愛した隆慶一郎――だから彼の墓は熱海の海を見下せる十国峠の頂にある。

あとがき

私は、連載した作品を単行本化した際に滅多に改稿はしないが、本書だけは違った。一言でいえば、改稿に次ぐ改稿であった。

連載時には「戦後時代作家論」という題名だったが、これが「時代小説の戦後史」と変わり、より焦点が明確になってくると、まだまだ、書き足りない箇所が多く、いまこうしていったん筆を置いてみても、果たして充分、書き足りているのか、読者諸氏の判断を仰ぐしかない。

最後に、この評論の連載を引き受けて下さった「オール讀物」の川田未穂編集長、単行本化に際し、御尽力をいただいた、田中範央氏をはじめとする新潮社出版部・出版企画部の方々には心からの謝意を捧げたい。

令和三年十月吉日

縄田一男

初出
「柴田錬三郎の偽悪」　オール讀物　二〇一〇年十二月号
「五味康祐の懊悩」　オール讀物　二〇一〇年二月号、三月号、四月号
「山田風太郎の憧憬」　オール讀物　二〇一六年十二月号
「隆慶一郎の超克」　オール讀物　二〇一七年十二月号
単行本化に際して、大幅な加筆修正をほどこした。

写真　新潮社写真部

新潮選書

時代小説《じだいしょうせつ》の戦後史《せんごし》 柴田錬三郎《しばたれんざぶろう》から隆慶一郎《りゅうけいいちろう》まで

著　者……………… 縄田一男《なわたかずお》

発　行……………… 2021年12月15日

発行者……………… 佐藤隆信
発行所……………… 株式会社新潮社
〒162-8711 東京都新宿区矢来町71
電話　編集部 03-3266-5611
　　　読者係 03-3266-5111
https://www.shinchosha.co.jp
シンボルマーク／駒井哲郎
装幀／新潮社装幀室
印刷所……………… 株式会社三秀舎
製本所……………… 株式会社大進堂

ISBN978-4-10-603859-4 C0395